書下ろし

# 崖っぷちにて候《そうろう》

## 新・のうらく侍

坂岡 真

祥伝社文庫

目次

「崖っぷちにて候」の舞台
飯田町 もちの木坂「軍鶏源」
池之端
三味線堀
柳橋「花瀬」
大川橋（吾妻橋）
向島
三囲稲荷
大川（隅田川）
本所
神田川
九段下
駿河台
神田連雀町
駿河町「常盤屋」
両国広小路
両国橋
新大橋
千代田城（江戸城）
北町奉行所
日本橋
八丁堀
霊岸島
永代橋
深川
南町奉行所
新橋
京橋「上州屋」
北
西
東
南

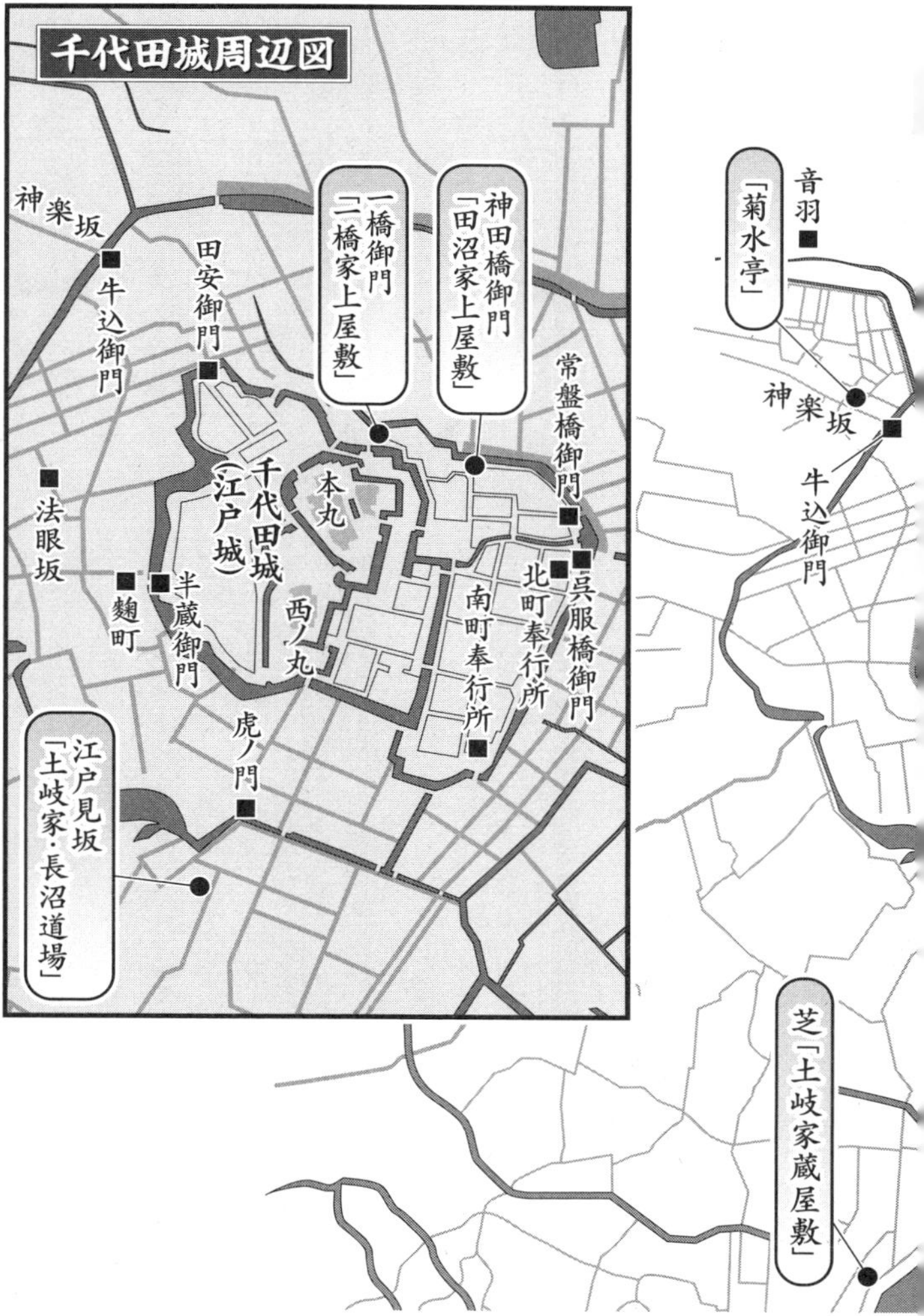
千代田城周辺図
神楽坂
牛込御門
田安御門
一橋御門「一橋家上屋敷」
神田橋御門「田沼家上屋敷」
常盤橋御門
法眼坂
千代田城（江戸城）
本丸
西ノ丸
麹町
半蔵御門
北町奉行所
呉服橋御門
南町奉行所
虎ノ門
江戸見坂「土岐家・長沼道場」
音羽
「菊水亭」
神楽坂
牛込御門
芝「土岐家蔵屋敷」

# 手柄の代償

一

朝目覚めると障子《しょうじ》越しに淡い光が射《さ》しこみ、雀《すずめ》の鳴き声がちゅんちゅん聞こえてくる。

「のどかだ。のどかすぎる」

これではいかんと夜具をはねのけ、葛籠桃之進《つづらもものしん》は褌《ふんどし》一丁で廊下へ躍《おど》りだした。

「ひゃあああ」

奇声を騰《あ》げ、縁側から庭へ飛びおりるや、小走りに井戸へ向かう。

釣瓶《つるべ》を落として井戸水を汲《く》みあげ、ざぶんと頭からかぶった。

二度三度と繰《く》りかえし、平手でおもいきり両頬《ほお》を叩《たた》く。

井戸水を浴びても、気持ちの昂《たか》ぶりは抑えられない。

立秋の冷気に触れた肌から、濛々《もうもう》と湯気が立ちのぼる。

「今日を境《さかい》に、腑《ふ》抜《ぬ》けた暮らしとはおさらばじゃ」

桃之進は面《おもて》を紅潮させ、泥でも吐きすてるように唸《うな》った。

「ぬおおお」

反《そ》っくりかえって、天に咆吼《ほうこう》する。

北町奉行所金公事方《かねくじかた》与力、三十六歳の決意であった。

何故《なにゆえ》さように発起《ほっき》したのかは、自分自身にもよくわからない。

溜《た》まりに溜まった芥《あくた》のごとき感情を、一気に爆発させたい衝動に駆られていた。

他人《ひと》からみれば狐《きつね》にでも憑依《ひょうい》されたとしかおもうまいが、わけのわからぬ衝動は沈着であろうとする自分を踏みつけ、定められた規範の向こうへ軽々と連れていくかのようだった。

格別に、こうなるきっかけがあったわけではない。

いや、あるにはあった。

狩野結《かのうゆい》という女剣士を恋慕するあまり、誰にも告げられぬ苦悩を抱えこんでしまったのだ。

無論、三十もなかばを過ぎた妻子ある幕臣の身で十七の小娘に心を奪われたなどと知られたら、世間の笑いものになる。

結としても、迷惑であろう。

縁あって仇敵《きゅうてき》をともに成敗してやり、なるほど、絆《きずな》らしきものは生まれた。だが、失った父親の面影《おもかげ》を求めて慕《した》っただけの相手に男女の仲を持ちこまれたら、戸惑《とまど》うどころか、憤《いきどお》りすら感じるにちがいない。

結は今、虎ノ門《とらのもん》の江戸見《えどみ》坂にある土岐《とき》家の長沼《ながぬま》道場へ通っている。直心影《じきしんかげ》流の総本山と目される江戸府内でも名の知られた道場だ。剣術指南で口を糊《のり》しているのだが、いずれは町道場を開きたいと願っている。

浮ついた恋情を告白した途端、尊《とうと》い夢を潰《つぶ》すことにもなりかねない。できぬ。告白など、死んでもできぬ。

などと、わずかでも逡巡《しゅんじゅん》している自分が恥ずかしい。

寝所の床の間に設《しつら》えた刀掛けには、葛籠家代々の家宝である孫六兼元《まごろくかねもと》と並んで、結から預かった堀川国広《ほりかわくにひろ》が架《か》かっていた。

白河《しらかわ》藩の剣術師範役であった結の父が、藩主の松平定信《まつだいらさだのぶ》公より下賜《かし》されたものという。正真正銘の宝刀を「ふたりの繋《つな》がりが切れぬように預かってほしい」と、結に真摯《しんし》な眼差《まなざ》しで頼まれた。

――ふたりの繋がり。

国広を預かったときから、凜《りん》とした横顔が頭から離れない。

「くそっ、情けない」

桃之進は首を振った。

小娘ごときのために、心を入れかえるのではないぞと、胸に繰りかえす。

「ふおおお」

おちょぼ口を無理に開き、執拗《しつよう》に吼《ほ》えつづけた。

小さな眸子《まなこ》を瞠《みは》り、弛《ゆる》みきった腹を波打たせながら、頼りなげな容姿とはそぐわぬ剣幕で繰りかえす。

「しゃっきりせい、しゃっきりせい、しゃっきりせぬかい」

十三年前に急死した兄から家督を継《つ》ぎ、家督ばかりか、商家出の嫂《あによめ》も自分の嫁に迎えた。兄の一人息子を養嗣子《ようしし》とし、娘にも恵まれたものの、それで葛籠家が安泰となったわけではない。

旗本とは名ばかりで、爪《つめ》に火を灯《とも》すような貧乏暮らしを強《し》いられてきた。ものぐさな性分《しょうぶん》ゆえ、出世などは望むべくもなく、常盤橋《ときわばし》御門内の勘定所に十年ほど仕《つか》えたのち、ただでさえ少ない禄米《ろくまい》を三割強も減らされたうえに、呉服橋《ごふくばし》御門内の北町奉行所へ左遷《させん》された。

それから、金公事方の与力として三年余り、奉行所の片隅で閑職に甘んじている。

役所通いをはじめてよりこの方、ただの一度も、役目に身を入れて勤《いそ》しんだおぼえがない。

そもそも算盤《そろばん》は不得手だし、人づきあいも苦手だった。

しかも、いずれは宮仕えを辞《や》め、得意とする剣で身を立てたいなどと、若い時分は詮《せん》ない夢を描いていた。

勘定所では、なるべく面倒事を避けて気働きはいっさいせず、ともかく波風が立たぬようにしていた。出世は早々にあきらめたので、功名心は欠片《かけら》もなく、やがてだいじな役目も与えられなくなり、上役から覇気がないと詰《なじ》られても、へらへら笑ってやり過ごした。

居ても居なくてもどちらでもかまわず、毒にも薬にもならぬ。同役の連中から「能天気な役立たず」と陰口をたたかれ、仕舞いには「のうらく者」なる綽名《あだな》をつけられた。

奉行所に移ってからは、すっかり「のうらく者」という綽名が板につき、上役や同僚に面と向かって呼ばれたところで腹も立たなくなった。まこと、馴《な》れとは恐ろしいものだ。人はこうして、安逸で怠惰《たいだ》な日々を送りながら老いていくのだろう。

だが、今日からはちがう。別人になる。

「わしはまだ跳べる。心の持ちようでいかようにも」

どのような役目でも、誇りを持ってやりきる。

それは亡き父が兄に告げ、兄のいまわで桃之進が託されたことばだ。

座右の銘と言ってもよい。

役目に誇りを持つ。

それこそが肝要なのだ。

しゃっきりした気持ちで眺めれば、庭の花木も鮮やかな色彩を帯びてくる。

「ふふ、わしは生まれかわる。金輪際《こんりんざい》、のうらく者とは呼ばせぬぞ」

昂揚《こうよう》した気分で声を張るや、突如、廊下のほうから叱責を浴びせかけられた。

「黙らぬか」

振りむけば、母の勝代《かつよ》が寝間着姿で佇《たたず》んでいる。

「ご当主どの、気でもふれたのかえ」

騒ぎを聞きつけ、妻の絹《きぬ》も顔を出した。

生意気盛りな娘の香苗《かなえ》は眠い目を擦《こす》り、部屋に籠《こ》もりがちな養嗣子の梅之進《うめのしん》は廊下の隅から様子を窺《うかが》っている。ただし、六つ年下の実弟で居候《いそうろう》の竹之進《たけのしん》だけは起きてこず、奥の寝所で鼾《いびき》を掻《か》いていた。

勝代は怒りを抑えた口調でたしなめる。

「みっともない。河豚《ふぐ》のような腹を晒《さら》しおって。おぬし、毒でも吐いておるのか。ご近所迷惑であろう」

「重々承知してござる」

「ならば、やめよ」

「いいえ、やめられませぬ。胸にわだかまったものを、吐きださずにはおられぬのでござる」

「胸にわだかまったものとは、何じゃ」

「説いても、おわかりになられますまい」

「ふん。どうせ、埒《らち》もないことであろう。吐きたいのなら、寝所の痰壺《たんつぼ》にでも吐きなされ」

「痰壺」

「そうじゃ。痰壺に顔を突っこんでおもいのたけを吐きだし、すっきりいたせばよかろう。のう、絹どの」

ふいに水を向けられ、かつて嫂だった妻は慌《あわ》ててうなずく。

ならば痰壺を持てと、桃之進は叫ぼうとしてことばを呑《の》んだ。

無駄に波風を立てるのは得策でないと、瞬時に判断したのだ。

おもえば、こうした弱腰な判断の積み重ねが出世の芽を摘《つ》み、魂の脱け殻《がら》のような暮らしぶりを生ぜしめたのかもしれない。

勝代が呆《あき》れた顔で奥へ引っこむと、みなもぞろぞろ居なくなった。

「ふえっ、たあっ」

桃之進は左右の拳《こぶし》を重ねて頭上に構え、腹の底から気合いを発した。

あたかも真剣があるかのごとく振りぬけば、眼前に白刃《はくじん》が浮かび、おのれの邪心を斬り刻んでいく。

「ちぇす、とおっ」

かつて部屋住みだったころ、剣の修行に明け暮れたことがあった。

辻月丹《つじげったん》の創始になる無外《むがい》流の印可を受け、千代田《ちよだ》城の白書院広縁《ひろえん》にて催《もよお》された上覧試合にも参じた。参じたどころか、将軍家治《いえはる》公の御前で一刀《いっとう》流や新陰《しんかげ》流の猛者《もさ》と互角にわたりあい、木刀の寸止めによる勝ち抜き戦の勝者となった。

生涯で唯一の輝かしい思い出だ。

幕閣では側用人の田沼意次《たぬまおきつぐ》が老中格となり、江戸の夜空には箒星《ほうき》が流れた。

今から十七年前の出来事にほかならない。

無外流には『千鳥《ちどり》』という奥義がある。

予想を遥《はる》かに超えた高みに跳び、相手の脳天めがけて必殺の一撃をくわえる技だ。

日頃の鍛錬《たんれん》を怠《おこた》ったあげく、桃之進は「飛べない千鳥」になってしまった。

「されど、まだ間に合う」

鈍《なま》りきったからだを鍛《きた》えなおし、結とまともに勝負できるほどまでに仕上げねばなるまい。

いつの日か『千鳥』をご享受願いたいと、結も言ってくれたではないか。

さよう、当代一の呼び声も高い女剣士と板の間で勝負をつけ、おのれの女々《めめ》しい恋情を打ち砕かねばならぬ。

それを当面の目途《もくと》にしてもよかろう。

「ぬたたた、ひょえっ」

桃之進は猪《いのしし》のごとく突進し、右足でおもいきり地べたを蹴《け》った。

刹那《せつな》、縁側の角に臑《すね》をぶつける。

「むぐっ」

弁慶《べんけい》の泣き所だ。

ばたりと両手を縁側についたところへ、絹が小走りにやってきた。

「殿、ご無理をなされますな。わたくしは、何があっても動じず、のほほんと構えておられる桃之進さまを、心よりお慕い申しあげてきたのでござります。いつもどおりになされませ。朝餉《あさげ》のおつけは、業平蜆《なりひらしじみ》にござりますぞ」

だから、何だというのだ。

高価な蜆の力を借り、頭をすっきりさせろとでも申すのか。

間の抜けたことを吐《ぬ》かすでないと叱《しか》りつけようにも、臑の痛みのせいで声も出てこない。

桃之進は額《ひたい》に脂汗《あぶらあせ》を滲《にじ》ませ、苦しげに顔を歪《ゆが》めるしかなかった。

二

業平蜆の味噌汁《みそしる》を啜《すす》ったあとも、決意が萎《な》えることはなかった。

「わしは生まれかわる。腑抜け暮らしとはおさらばじゃ」

蒼天のもと、黒羽織を纏《まと》って出仕する道すがら、目にはいる景物はどれも新鮮にみえ、会釈《えしやく》を交《か》わす人々の顔も生き生きとしていた。

呉服橋御門を潜《くぐ》って北町奉行所を面前にしても、居丈高《いたけだか》にそそりたつ黒渋塗りの長屋門が何やら誇らしげに感じられ、親しい門番に「のうらくさま、本日は一段と見事な男振り」と戯《ざ》れた調子で挨拶《あいさつ》をされても、にっこり笑って応じる余裕があった。

式台へとつづく幅六尺の青石は光り輝いてみえ、周囲に敷きつめられた那智黒《なちぐろ》の砂利石さえもが愛《いと》おしく、左手の塀際《へいぎわ》に山と積まれた天水桶や入念に磨《みが》かれた大小の玄蕃《げんば》桶なども、生命《いのち》を吹きこまれたものであるかのように映《うつ》った。

表玄関に一歩踏みこめば、柱や羽目板から檜《ひのき》の香りが濃厚に漂ってくる。いつも眺めている景色や漂う匂《にお》いさえも、何か特別なものに感じられた。

「何事も気持ちの持ちようひとつだな」

長い廊下を渡って、掃《は》き清められた中庭を横切り、北寄りの別棟に配された金公事蔵へ向かう。

用部屋は黴臭《かびくさ》い蔵のなかにあった。

金公事とは金銀貸借によって生ずる争いのことだ。貸した金を返してもらえぬ者が、藁《わら》をもつかむようなおもいで訴えを起こす。訴えが膨大かつ煩雑《はんざつ》なために、先々代の吉宗《よしむね》公の御代《みよ》から町奉行所では取りあつかわなくなった。

にもかかわらず、訴えの窓口は残してある。

慈悲深い心で訴えを聞いてやったという公儀の姿勢をみせておくためだ。

それゆえ、山と積まれた申立書のなかから一日につき一枚だけ選び、公事を裁いてやる。

つまり、一日に一件だけ金公事を裁くのが、桃之進の役目であった。

本来ならば扱う必要のない公事を裁く。廃してもかまわぬ役目ゆえか、用部屋は「芥溜《あくたいだまり》」などと呼ばれている。桃之進は三年余りも陽《ひ》の当たらぬ「芥溜」にあって、のらくらと金公事を裁いてきたのだ。

「阿呆《あほう》どもに、規律というものを教えてやらねばならぬな」

蔵の住人は桃之進だけではない。配下の同心がふたりいた。

いずれも、桃之進に輪を掛けた「のうらく者」で、やる気のやの字も感じられない連中だ。

案の定、蔵に足を踏みいれると、馬面《うまづら》の馬淵斧次郎《まぶちおのじろう》が小机のまえに正座し、魚のように目を開けたまま居眠りをしていた。一方、狸顔《たぬきがお》の安島左内《やすじまさない》にいたってはすがたさえもなく、金公事の寸前になって寝惚《ねぼ》け眸子で出仕するであろうことは容易に予想できた。

「今日こそは許さぬぞ」

張りつめた気配を察し、馬淵が間延びした面を向けてくる。

「おはようござりまする」

あたかも起きていたかのごとく落ちつきはらった調子で言い、黒漆《くろうるし》塗りの御用箱から申立書の束《たば》を拾いあげた。

一枚一枚には、貸借に関わる双方の氏《うじ》素姓《すじょう》、ならびに、貸借金額と期限が列記されている。申立書は一日に二、三十枚は集まってくるため、百枚揃《そろ》ったら右端に錐《きり》で穴をあけて綴《と》じ、棚《たな》の隅に積んでおかねばならない。

まとめた束に穴をあけて綴じるという作業が、馬淵の得手とするものだった。

「葛籠さま、四つ半（午前十一時頃）より公事がござります」

「わかっておる。たしか、後家貸しであったな」

「いいえ。甚吉《じんきち》によれば、後家は後回しになるそうでござります」

「されば、座頭貸しのほうか」

「いいえ、座頭のほうも借りた相手がまだみつからぬとか」

「いい、いい、ひょっとこのやつ、ずいぶん手間取っておるようだな」

黒渋塗りの長屋門を抜けると葦簀《よしず》掛けの水茶屋があり、甚吉というひょっとこ顔の岡っ引きが控えている。甚吉に与えられた役目は、申立書に記された貸し手と借り手を捜《さが》しだし、三日以内を期限に呼びだしを掛けることだった。

甚吉は渋る借り手を脅したり賺《すか》したりしたあげく、耳許《みみもと》で「逃げたら獄門台に送ってやるぜ」と殺し文句を囁く。すると、たいていの者は死人のような面で奉行所にやってきた。

もっとも、双方のあいだではすでに下打ちあわせができており、借り手に「いくらでもいいから返せ」と持ちかけておけば、ほぼまちがいなく、半額程度の返済で一件落着となる。

貸し手にとって不利にみえるが、一銭も手にできずに泣き寝入りするよりはましだった。貸したほうにも騙《だま》された落ち度はあるし、欲得ずくで高い利子を吹っかけた負《お》い目もある。

ともあれ、落としどころのきまっている公事を、桃之進たちは適当に裁けばよかった。

一件だけ裁けば、あとは終日《ひねもす》、伸びた鼻毛を結びながら夕刻までの時を浪費する。だが、そうしたつまらぬ役目も、心構えひとつでやり甲斐《がい》のあるものに変えられるはずだと、今朝の桃之進は気負っていた。

「後家でもなければ、座頭でもない。貸し手の素姓を述べてみよ」

叱りつけるように質《ただ》すと、馬淵は手にした申立書に目を落とす。

「浪人貸しでござりますな。姓名は風柳銑十郎《かざやなぎせんじゅうろう》、齢《よわい》は三十五とあります。ほほう、半年前までは御書院番の番士をつとめておったようですな」

「三十五なら、組頭《くみがしら》かもな」

書院番は旗本にとって羨望《せんぼう》の役目だ。役目を逐《お》われたか、擲《なげう》ったのであればよほどの理由があったと考えるべきであろう。だが、このたびの金公事に関わりはないので詮索してはならぬと、桃之進はみずからに言い聞かせた。

「されば、訴えられた借り手の素姓は」

「柳橋《やなぎばし》の『花瀬《はなせ》』と申す船宿の女将《おかみ》にござります。名は草代《くさよ》、雇われ女将のようですな。何でも、小股の切れあがった粋《いき》な年増《としま》だとか」

「おいおい、中立書にそんなことまで書いてあるのか」

「安島の添え書きに、そうござります」

「あやつめ」

それにしても、訴えられたのが女というのはめずらしい。

「借金は利息も入れて、二十両と少々にござります。何と、中立の理由も記してござりますぞ」

「読んでみよ」

「はい。『沼田《ぬまた》藩士岐家への仕官に必要なため』と、これは甚吉の筆跡にござりましよう」

「土岐家か」

　ふと、狩野結のことが頭に浮かぶ。

　結は、直心影流を標榜する沼田藩土岐家の長沼道場で剣術を指南しているのだ。

「仕官に必要か」

　力を貸してくれる連中にばらまく金であろう。

「で、おぬしらは、風柳からいくら貰《もら》う」

「何を仰《おつしや》います。公事に関わった者から袖《そで》の下を取ることなど、あり得ませぬぞ」

「怪しいものだな」

　桃之進は知っていた。金公事を上手に裁いてやれば、中立人から謝礼を受けとることができる。それゆえ、不届きな同心どもは、わずかな謝礼目当てに中立書を選ぶ傾向にあった。

　それも薄給な平役人が生きのびるための手管《てくだ》ゆえ、昨日までは咎《とが》めだてする気もなかったが、今日の桃之進はひと味ちがう。

「馬淵よ、中立書の選び方に不正があれば、目を瞑《つぶ》るわけにはいかぬぞ」

「えっ」

馬淵は、三年も経《た》って今さら文句を言われても困るという顔をした。

「見て見ぬふり、聞いて聞かぬふりはできぬということさ。わしはな、今日かぎり、のうらく者を返上したのだ。正義の名に照らして、金公事方与力の役目をまっとうせねばならぬ」

「そう言えば何やら、いつもとは異《こと》なる風格のようなものを感じますな」

「お、そうか」

「されど、葛籠さまもご存じのとおり、申立書の選定は安島に一任してございます。安島が出仕したら、いかようにもお尋ねくださりませ」

その安島が来ない。

代わりにひょっこり顔をみせたのは、定町廻《じょうまちまわ》りの轟《とどろき》三郎兵衛《さぶろべえ》であった。同心の若手では随一《ずいいち》の出世頭と本人はおもいこんでいるようだが、おっちょこちょいの空回り野郎にすぎぬと桃之進はおもっている。

時折、誰も顧《かえり》みぬ「芥溜」を覗《のぞ》きにくる理由は、かつて危ういところを桃之進たちに助けられたことがあったからだ。

「葛籠さま、おはようございます」

「おう、三郎兵衛か。母上は息災にしておられるか」

「はい、おかげさまで」

「ふむ、あとで後悔せぬように孝行を尽くしておけ」

父親のいない三郎兵衛にたいして、桃之進はいつも父親のようにふるまうことで勝手に満足していた。

「ところで、何か用か」

「じつは、葛籠さまに折り入ってお願い事がございまして」

「何じゃ、申してみよ」

「されば、世を騒がす龍神《りゅうじん》一味はご存じでしょうか」

「関八州《かんはっしゅう》を股に掛けた盗人《ぬすっと》一味であろう。頭目の名は世作《よさく》、自分が世の中を新しく作りなおすのだと豪語し、それが名の由来になったと聞いたが」

「さようにござる」

金満家の商家に押し入って、家人や奉公人の知らぬ間に、蔵からお宝をごっそり盗んでいく。手口の大胆さと鮮やかさで知られる盗人一味のことだ。

「一味を一網打尽《いちもうだじん》にするのが、捕り方一同の念願にございます。是が非でも、頭目の世作に繋《つな》がる端緒を摑《つか》めと、御奉行もお命じになられました」

「それで」

「じつを申せば、その端緒めを摑みかけておるのでございます」

「まことか」

「しっ、お静かに願いたい」

三郎兵衛は人差し指を口に当て、鼠《ねずみ》しかいない蔵の隅に警戒の目を向ける。

「このことはまだ、同役の誰にも告げておりませぬ。手柄を横取りされるわけにはまいりませぬからな」

「おいおい、手柄がどうのと、ちと感心せぬな」

「されば、言い換えましょう。拙者は何としてでもこの手で世作を捕らえ、三尺高い木の上に縛《しば》りつけたいのでござる。それが出世の近道ともなりましょう」

三郎兵衛は、してやったりという顔をする。

桃之進は、これみよがしに溜息《ためいき》を吐《つ》いた。

「それで、わしにどうせよと」

「隠密行動を取ろうにも、探索に人手が足りませせぬ。ご助力願えませせぬか」

「同心風情《ふぜい》が、与力を顎《あご》で使う気か」

「いけませせぬか」

と、三郎兵衛はひらきなおる。

「葛籠さま、拙者は金公事方の行く末を、いつも心に掛けておるのでござりますぞ。ともに、手柄を立てましょう。さすれば、この芥溜から出られるやもしれませぬ」

「無礼なことを吐《ぬ》かすな」

声を荒らげても、生意気な若造は怯《ひる》まない。

「無論、葛籠さま御自《おんみずか》らご出馬いただかずともけっこうにござる。ご配下のおふたりを、お貸し願いたい。世作が隠れ家に使っているらしい船宿を、馬淵さまと安島さまに交替で見張っていただきたいのでござる」

「船宿だと。屋号を言え」

桃之進は、ちらっと馬淵のほうをみた。

三郎兵衛は身を寄せ、声を押し殺す。

「他言無用に願います。お約束いただけますか」

「焦《じ》らすな、阿呆」

「されば、お教えいたしましょう。船宿の名は『花瀬』と申しましてな、柳橋にござります」

「まことかよ」

顔色を変えたところへ、でっぷり肥《こ》えた安島左内が粋な女を連れてあらわれた。

三

髪を天神髷《てんじんまげ》に結った女は黒紋付に銀の帯を締《し》め、朱の帯締めを結んでいた。

「葛籠さま、船宿『花瀬』の女将、草代にございます」

安島に芝居がかった口調で紹介され、草代は色っぽくお辞儀をしてみせる。

桃之進たちが惚《ほう》け顔で固まっていると、安島は二重顎を震わせて笑った。

「ぬひゃひゃ、いかがなされた。さては、女将の色香にやられましたか」

「たわけ」

桃之進の叱責が蔵の内に響いた。

「安島、おぬしはなぜ遅れたのだ」

「えっ、さような野暮《やぼ》なことをお聞きになるので」

「あたりまえだ。返答によっては容赦《ようしゃ》せぬぞ」

「不可解なことを仰る。この三年余り、一度もうるさいことを口になされなんだ御仁が、今日にかぎって何でまた」

「何でもかんでもない。さあ、言い訳があるなら申してみよ」

「それはその……女将との下打ちあわせが長引きましてな。借りた二十両のうち、掻き集められるだけ集めて返すことができるのは半分に満たぬ。さあ、どうしようと、そんなはなしを。のう、草代、そうであろう」

「へえ、こちらと目と鼻の先にある水茶屋で、いただいたお茶が冷めぬあいだだけ、お打ちあわせをさせていただきました」

「けっ、正直なやつだな」

苦笑する安島を、桃之進は睨《にら》みつける。

すでに、怒る気力を失っていた。

三郎兵衛が影のように近づき、後ろから袖を引っぱる。

「葛籠さま、何卒《なにとぞ》よしなに」

もちろん、わかっている。龍神の世作と女将の関わりを、それとなく探ってほしいのだ。

妙な動きをする三郎兵衛をみつけ、安島が不審そうに言った。

「定町廻りのひよっこが、こんなところで何をしておる」

「別に。ただ、ご機嫌伺《うかが》いにまいったまでで」

「ごまかすところをみると、益々《ますます》怪しいな。葛籠さま、何かござりましたか」

「何もない。おぬしは黙って公事の仕度《したく》をしろ」

「はあ」

そこへ、ひょっとこ顔の甚吉がやってきた。

「貸し手のお侍を、お連れしやした。あっしは長居できやせんので、これで失礼いたしやす」

甚吉がそそくさと去ったあとに、五分月代《ごぶさかやき》の貧相な侍がぽつんと残された。

「拙者、風柳銑十郎にござる」

「これはこれは、ようこそお越しくださった」

安島が桃之進を差しおいて丁重《ていちょう》に応じ、草代ともども隣《となり》の部屋へ導いていく。

三人のあとに、桃之進も渋い顔でつづいた。

馬淵と三郎兵衛は、見送るだけで従《つ》いてこない。

公事をおこなう部屋が狭苦しいことを知っているのだ。

なるほど、一歩踏みこんでみればわかる。

窓はないし、異様に黴臭い。

まるで、蒲団《ふとん》部屋のようなところだった。

息が詰まってしまうので、長居は禁物だ。

裁きは短く切りあげ、揉《も》め事を起こさせぬようにしなければならぬ。

安島に言わせれば「それが鉄則」らしい。

四人は二手に分かれ、面と向かう恰好《かっこう》で座った。

桃之進の面前に風柳が腰を下ろし、隣には草代が正座する。

「されば、これより公事をはじめる」

かたわらで、安島が厳《いか》めしげに発した。

桃之進は胸を張り、公事にのぞむふたりを交互に眺める。

風柳は下を向いたが、草代のほうは口端《こうたん》に妖《あや》しげな薄笑いを浮かべてみせた。

笑うでないと、ここは威厳をしめすべきところだが、三郎兵衛に頼まれたことが気になって諭《さと》す機会を逸する。

一方、公事を進める安島は、何ひとつわかっていない。

「『花瀬』の雇われ女将、草代だな。おぬしは女だてらに借金をし、期限が来ても一銭たりとも返済する意志をみせず、風柳どのに多大な迷惑を掛けた。以上、訴えられた内容に異存はないか」

「ええ、まあ」

「何じゃ、その曖昧《あいまい》な返答は」

「申し訳ござんせん」

「異存はないのだな」

「へえ」

「されば、用意したものを、ここへ」

安島に促《うなが》され、草代は抱えてきた紺《こん》の風呂敷《ふろしき》を畳に置いた。

結び目を解《ほど》くと、小判にまじって不定形の丁銀《ちょうぎん》や豆板銀《まめいた》、あるいは、穴の開いた四文銭《よんもんせん》などが出てくる。

「十両に少し欠けますが、今の精一杯でござります。どうか、お納めを」

草代はしおらしく、畳に三つ指をついた。

安島はにんまり笑い、風柳の顔を覗きこむ。

「いかがであろうな。女将もこうして誠意をみせておる。なるほど、貸した額にはおよばぬが、これで疫病神《やくびょうがみ》と縁が切れるとおもえば、安いものかもしれませぬぞ」

風柳は黙然と目を瞑り、静かな口調でつぶやいた。

「半分で済まそうとする了見が許せぬ。借りた金を返せぬ輩《やから》は、それなりの報いを受けねばなるまい」

「ちょっと待ってくれ。おぬし、甚吉と打ちあわせはせなんだのか」

気色《けしき》ばむ安島を押しとどめ、草代が凄《すさ》まじい剣幕で唾《つば》を飛ばす。

「冗談じゃないよ。あんた、二十両であたしのからだを買ったんだろう。ちがうってのかい」

女将は豹変《ひょうへん》し、片膝《ひざ》を立てて裾《すそ》を捲《まく》りあげた。

男たちは度肝《どぎも》を抜かれ、呆気《あっけ》に取られるしかない。

草代は膝に片腕を乗せ、匕首《どす》の利《き》いた声でつづけた。

「まさか、金公事に訴えられるとは、おもってもみなかったよ。しかも、こうして選ばれちまうとはね。ふん、宝籤《たからくじ》に当たったようなものさ。こんなところで運を使っちまって、もったいないはなしじゃないか。どっちにしろ、あたしにゃ金を返す義理なんぞ、これっぽっちもないんだ。それでも訴えられたから、お上《かみ》の面目を立ててやるために、仕方なく足を運んだのさ。わざわざ、重いのを我慢して持ってきたんだよ。四《し》の五《ご》の言わず、そいつをありがたく受けとったらどうなんだい」

草代の減らず口は止《とど》まるところを知らず、寡黙な浪人との対比を際立たせた。

風柳は目を逸《そ》らし、真っ赤な顔で風呂敷を包みだす。

どうやら、矛《ほこ》を納める腹らしい。

安島が、ふうっと安堵《あんど》の溜息を吐いた。

「ったく、打ちあわせどおりにやれってんだ。でもまあ、終わりよければすべてよしってことだな。葛籠さま、いかがでござりましょう。これにて一件落着、しゃんしゃんということにされては」

「待て」

「げえっ」

予期せぬことばに、安島は目を丸くする。

「葛籠さま、まだ何かおありで」

「うるさい、おぬしは黙っておれ」

「へっ」

「風柳どのにお聞きしたい。そこもと、草代を何度抱いたのだ」

「それは……い、一度にござる」

消えいりそうな声で応じた風柳に、桃之進はたたみかける。

「吉原《よしわら》の花魁《おいらん》でもあるまいに、何故、二十両もの大金を払ったのか」

「弾《はず》みでござる」

「弾み」

「いかにも。拙者《せっしゃ》の唯一の楽しみは、沖釣りにござる」

小船を借りに『花瀬』を訪れ、雇われ女将の草代から親切にしてもらった。何度か通ううちに、身の上話をしてもらうほど親密になった。風柳は情にほだされ、褥《しとね》をともにしてしまったのだという。

そのとき、草代は金にえらく困っている様子だったので、持ちあわせた二十両を貸してやった。だが、いずれは返してくれるものとおもっていたと、風采《ふうさい》のあがらぬ浪人は経緯《いきさつ》をぼそぼそ語った。

偽《いつわ》りには聞こえない。

「ふん、いけ好かない侍だよ」

草代は膨《ふく》れ面で横を向き、口惜《くちお》しげに訴える。

「あたしゃ不幸な女さ」

錺職《かざりしよく》の夫と死に別れ、幼子を養うために身を売ってきた。偶《たま》さか船宿の主人に見込まれて『花瀬』の切り盛りを任されるようになったものの、遊び人の主人は借金で首がまわらず、蓋《ふた》を開けてみれば船宿も人手に渡ってしまう寸前なのだという。

作り話ならば、演技の達者な女と言うしかない。

少なくとも、桃之進は信じた。

信じつつも、盗人一味の頭目の情婦かもしれぬと疑っている。

「おぬし、何故、風柳どのに抱かれたのだ」

「そりゃ、金のためですよ」

「それだけか」

「ほかに何があるってんです。まさか、惚れたとでも。ふふ、それはありませんよ。女は惚れた男から金なんぞ貰わない。惚れた男にゃ貢《みつ》ぐだけ」

潤《うる》んだ瞳《ひとみ》の裏に、隠し事があるように感じられた。

桃之進が探るような眼差しを向けると、草代は溜息を吐き、袖口に隠していた小判を一枚取りだす。それを畳に滑らせ、こちらに寄こそうとした。

「何だ、それは」

「聞くだけ野暮でござんすよ」

妖しげに微笑《ほほえ》まれ、頭に血がのぼった。

「袖の下のつもりか。ここは奉行所の内ぞ。罪に問われてもよいのか」

怒りあげても、さらりと躱《かわ》される。

「あら、お堅い旦那《だんな》ですこと。安島さま、おはなしがずいぶんとちがうじゃありませんか。金公事を裁く上役は、のうらく者と呼ばれている腑抜け与力で、暖簾《のれん》に腕押しだから指図どおりにやってりゃいい。そう、仰いましたよね。だから、こんな黴臭い部屋に連れてこられても、文句ひとつ言わずにつきあってやってんですよ」

「おいおい、おぬしは何を申しておる」

安島はたじたじとなったが、桃之進は微動だにもしない。

胸の裡《うち》では、感嘆の声をあげていた。

草代の肝っ玉は一級品だ。

そのことがかえって、龍神一味の頭目との関わりを疑わせた。

やはり、世作の情婦なのかもしれない。

偶さか金貸し浪人の申立書が取りあげられ、不運にも北町奉行所へ足を運ぶはめになった。

本来ならば、町奉行所の役人に目をつけられるような愚は避けるべきであろう。

それこそ、世作が公事のことを知れば、眉《まゆ》をひそめるにちがいない。

桃之進はあれこれ邪推し、風柳に声を掛けた。

「そこもと、半年前までは御書院番におったとか」

「さよう」

「何故、お辞めになったのか。差しつかえなくば、お教え願いたい」

「それは控えさせていただく。金公事に関わりはござるまい」

きっぱり断られ、桃之進はあきらめざるを得なかった。

草代は苛立《いらだ》ちを隠しきれず、貧乏揺すりをしてみせる。

「旦那方、早いとこ決着《ケリ》をつけて、辛気臭い穴蔵から出してくださいな」

「何だと、この」

身を乗りだす安島の肩を押さえ、桃之進は吐きすてた。

「もうよい。仕舞いにしてやれ」

「は、されば」

安島は座りなおし、襟《えり》を正して宣言する。

「本件はこれにて、手打ちとさせていただく。双方の者、退出を許す」

借り手の女と貸し手の男は腰をあげ、安島の導きで部屋から出ていく。

ひとり「蒲団部屋」に座りつづける桃之進の心には、何ともすっきりしないわだかまりだけが残った。

四

わだかまりを消すために、その日から安島を『花瀬』の張りこみにあたらせた。

三郎兵衛はえらく喜んだが、桃之進には誰かに先駆けて手柄をあげようとか、天下を騒がせる盗人の頭目を捕まえようとか、そうした大それた野心は一片もない。

ただ、町奉行所の与力としての役目をまっとうできる好機だとおもっていた。

金公事とは関わりないが、幕臣の誇りに懸《か》けて挑むべきだという熱い気持ちに衝《つ》きあげられたのだ。

「のうらく者が、どうかしちまった」

面倒な役目を押しつけられた安島は嘆《なげ》いたが、まわりから「のうらく者」と呼ばれた今までの自分なら、重い腰をあげたかどうかもわからない。

三郎兵衛は「世作を『花瀬』でみたという密告があった」と言った。が、そのような怪しげなはなしなど頭から信用せず、船宿の雇われ女将と風采のあがらぬ元幕臣との関わりを調べてみようとはしなかっただろう。

張りこみをはじめて三日間、頭目の世作が『花瀬』にあらわれた形跡はない。女将の草代に怪しい動きもないし、風柳との関わりも本人たちが証言した以上のものではなかった。

ひょっとしたら、やる気が空回りしているだけなのかもしれない。

まだ陽の高い八つ刻《どき》（午後二時頃）前に腰をあげ、桃之進は奉行所の外へ出た。

草履《ぞうり》取りの伝助《でんすけ》は風邪《かぜ》をこじらせたので、出迎えはない。

往来に伸びた撫《な》で肩の人影は、首がやけに長くみえる。

黒羽織を着て前屈《まえかが》みに歩くすがたは「黒鷺《くろさぎ》のようだ」と、誰かに言われたこともあった。

「たぶん、おしんだな」

帰る途中の木原《きはら》店で『おかめ』という居酒屋をやっている。

毎日のように立ちより、おしんを肴《さかな》にしながら安酒を呑んでいた。

そうでもしなければ憂《う》さの晴れぬ時期は長かったが、このところは足も遠のいている。女剣士の狩野結に心を奪われて以来、おしんと懇《ねんご》ろになりたいという下心が薄れてしまったからだ。

桃之進はくっと伸びをして、呉服橋御門を通りぬけた。

濠《ほり》に架かる石橋のうえから町家を見下ろせば、波のごとく連なる屋根という屋根に無数の笹竹が林立し、五色の短冊で飾られた枝を涼風に靡《なび》かせている。

「七夕《たなばた》か」

桃之進は溜息を吐き、頑強な石橋を渡って呉服町の裏露地へ足を踏みいれた。

四つ辻の暗がりに、淡い灯りが点《つ》いている。

小机の向こうに、白い顎鬚《あごひげ》をたくわえた顔相観《がんそうみ》が座っていた。

面倒なので、足を忍ばせて通りすぎると、背中に声を掛けられる。

「もし、お武家さま。お顔に凶の字が張りついてございますぞ」

首を捻《ひね》れば、ゆるゆると手招きをする。

「どうぞ、こちらへ。ん、もしや、北町奉行所のお役人さまでは」

「さよう。こうみえても、与力でな」

「無論、承知之助でござります る」

「わかるのか」

「はい」

「怪しいな」

「ご信じくだされ。よくよく眺めてみますれば、お顔に立身出世の相が見受けられまする」

「ほほう。さようなこと、生まれてこの方、一度も言われたことがないぞ」

「ご運を占って進ぜましょう」

「商売抜きなら、つきあってもよいがな」

「ふぉっ、無料《ただ》ほど高いものはないとも申しますが、お望みとあらば」

「ずいぶん、はなしのわかる爺《じい》さまだな」

桃之進は瓜実顔《うりざねがお》に笑みを浮かべ、うっかり足を向けてしまった。

灯りに映しだされた老爺《ろうや》の顔は皺《しわ》くちゃで、瞳は白く濁《にご》っている。

ほんとうにみえているのかと、疑念が湧《わ》いた。

すかさず、嗄《しやが》れた声で質される。

「さればまず、ご姓名を」

「葛籠桃之進だ」

「お歳は」

「三十と六」

「お役に就《つ》いて何年になられます」

「金公事方は三年余りだな。勘定所で十年勤めあげたのち、北町奉行所へ飛ばされたのさ」

「飛ばされた」

「さよう、麦焦《むぎこ》がしのごとくな」

「今のお役目に、ご不満がおありのようで」

「ないと言えば嘘《うそ》になる。されど、文句を言ってもはじまらぬ」

「まことにもって、そのとおり。お禄を頂戴《ちょうだい》しているだけでも、神仏に感謝せねばなりませぬぞ。ふふ、されば、お顔をじっくり拝見つかまつる。今一歩前へお運びくださりませ」

「こうか」

　顔を差しだすと、老爺は白い目を近づけた。

「みればみるほど、のっぺりしたお顔であられますなあ」

「ほほう、みえておるのか」

「心眼にて、はっきりと」

「嘘を申すな」

「嘘だとお思いなら、お顔の特徴を申しあげましょう。左右の眸子は波銭《なみせん》のようにちっこく、鼻は少し曲がっておられますな。ぐふっ、なかでも笑えるのは、八の字の下がり眉と、そのおちょぼ口でござる。いずれにしろ、目鼻口のどれひとつ取っても、意志をはっきりと主張するものがござりませぬ。お生まれになってよりこの方、お顔でずいぶん損をなさってこられたお方のようじゃ」

「どう眺めても、出世の芽はあるまい」

　膨れ面で吐きすてると、占い師は薄気味悪く笑った。

「いいえ。眉間《みけん》の周囲に昇鯉《しょうり》の相が出てござりまする。近々、大手柄をお立てになられましょう」

「まことか、それは」

「まことかどうか、さらに詳しくみて進ぜましょう。ただし、ここからさきは無料というわけにはまいりませぬ」

「いくらだ」

「小粒ひとつ」

「一朱《しゅ》だと。ふざけるな」

憤ってみせながらも、小粒を指で弾《はじ》いてやる。

顔相観は巧《たく》みに受けとり、染《し》みのめだつ頰を弛めた。

「されば、今一度じっくりお顔を拝見。ん」

「こんどは何だ」

「女難の相が出ております。妻子ある身でありながら、ほかのおなごに気を向けておられるようじゃ。その浮気心が、ご出世を阻《はば》む壁となりましょう」

「やはりな」

「何か、おもいあたる節でも」

「ないことはない」

「妾《めかけ》を持つのは、男の甲斐性《かいしょう》にございます。されど、葛籠さまにはその甲斐性が足りぬ。金もないくせに、おなごに惚れてはなりませぬ。厄介《やっかい》なことになりますぞ」

鋭い指摘だが、ずいぶんな言われようだ。

気持ちが萎えてくると、顔相観は目を閉じ、おもむろに口を開いた。

「櫂《かい》を持ったおなごにご用心。関われば災いを呼びこみましょう」

「何だ、そっちのほうか」

剣を持っていれば、まちがいなく狩野結のことだろう。

櫂を持ったおなごとは、船宿の女将のことにちがいない。

内心では驚きつつも、顔には出さぬようにした。

老いた顔相観は、袖を摑む勢いで身を乗りだす。

「今からでも遅くはありませぬ。櫂を持ったおなごとの関わりを避けねば、出世の芽はござりませせぬぞ」

「何か、怪しいな」

桃之進は、すっと身を引いた。

老人の占いが警告に聞こえたのだ。

「あのな、ひとつ言い忘れたが、わしは出世など望んでおらぬ」

「されば、何をお望みで」

「敢《あ》えて申せば、一本筋の通った生き方かな」

「何ですか、それは」

「みずからの信念に基づいて、黒は黒、白は白と断じる。誰が何と言おうと、信念を曲げずに突きすすむ。そんな自分でありたいと願ってやまぬのさ」

　顔相観は首をかしげた。

「益々もって、わかりませぬな。お役所でご自身の信念を貫《つらぬ》けば、即座に潰されるのが常でござりましょうに」

「おぬしの言うとおりだ。平《ひら》の役人は『左様《さよう》、しからば、ごもっとも、そうでござるか、しかと存ぜぬ』と、その五つだけを口にしておけば事足りる。わしも今までは無難に切りぬけることだけを心掛けてきたがな、どうしたわけか少しばかり恰好をつけたくなってきた」

「悪くないお考えにござる」

　顔相観はじっくりうなずき、不敵な笑みを浮かべた。

「信念に生き、信念に死ぬ。そのようなお侍をとんとお見掛けせぬようになり、人知れず嘆いておりました。ふふ、やっと、めぐりあえましたな。葛籠さまはお見掛けとちがい、ひとかどの人物かもしれませぬ。よろしい。今しばらく、行く末を占って進ぜましょう」

「その手には乗らぬ」

　桃之進は袖をひるがえし、まんざらでもない気分で四つ辻をあとにした。

## 五

　夕刻、柳橋。

　桃之進は、みずからも船宿の張りこみをつづけた。

　龍神の世作らしき者は、いっこうに顔をみせない。

　船宿は繁盛しておらず、女将の草代は気怠《けだる》そうにしていた。

　川の流れをゆったり眺めていると、知らぬ間に睡魔が襲ってくる。

　天水桶に凭《もた》れてうとうとしかけたとき、一艘《そう》の小船が『花瀬』の船着場へ舳先《へさき》を寄せてきた。

　棹《さお》を操《あやつ》る人物は菅笠《すげがさ》をかぶっているが、うらぶれた風体《ふうてい》から推《お》すと浪人のようだ。

注視していると、かたむけた笠の内から、みたことのある顔があらわれた。

「あっ」

風柳銑十郎にまちがいない。

公事で裁いたはずなのに、性懲《しょうこ》りもなく沖釣りにやってきたのだろうか。

もちろん、借り賃を払っているのなら文句を言う筋合いはないが、草代は二度と来てほしくない様子だったし、本人も貸した金の半金を貰って縁を切ったのではなかったのか。

妙だと言えば、釣り竿《ざお》も携《たずさ》えていなかった。

「怪しいな」

直感がはたらき、桃之進は風柳のあとを尾《つ》けることにした。

柳橋から両国広小路《りょうごくひろこうじ》を突っきり、日本《にほん》橋方面に向かう。

江戸《えど》橋を渡って楓《もみじ》川沿いに南下し、京《きょう》橋の問屋《とんや》町へたどりついた。

風柳が足を向けたのは、三層に積みあげられた楼閣《ろうかく》風の大店《おおだな》である。

瓦葺《かわらぶ》きの大屋根が周囲を威圧しており、屋根看板には『上州屋《じょうしゅうや》』とあった。

幕府の御用達《ごようたし》としても知られる絹糸問屋にほかならない。

風柳は表口を避け、脇道から裏の勝手へと進んでいった。

そして、手代風の男をしたがえて、表通りへ戻ってくる。

手代は風柳に文《ふみ》のようなものを手渡し、深々とお辞儀をしてみせた。

益々怪しいと感じ、桃之進はつづけて風柳の背中を尾けることにした。

銀座《ぎんざ》、尾張《おわり》町、新《しん》橋と経由して、虎ノ門へ向かう。

さらに、桜《さくら》川の瀬音を聞きながら武家屋敷を通りぬけ、弓なりに大きく曲がった坂道を降りていった。

右手を眺めれば、遥か彼方《かなた》に霊峰富士《ふじ》の流麗な山脈《やまなみ》をのぞむことができる。

そのときになってはじめて、坂は江戸見坂にほかならず、坂の途中に土岐家の上屋敷があることをおもいだした。

そう言えば、風柳は土岐家へ仕官するのだと言っていた。

目で追った背中が、土岐屋敷のなかに消えていく。

「懐《なつ》かしいな」

若い時分に一度だけ、屋敷内の長沼道場を訪ねたことがあった。

当時の道場主に請《こ》われ、門弟たちに稽古《けいこ》をつけてやったのだ。

奇《く》しくも、今は狩野結が同じような役目を担《にな》っている。

おそらく、あのころ教えた門弟たちは道場に残っておるまい。みな、そこそこ偉くなっているはずだ。

　感慨に耽《ふけ》っていると、六尺棒を握った門番に睨まれた。

　仕方なく踵《きびす》を返したところへ、夕陽を背にして颯爽《さっそう》と近づいてくる者がある。

　結であった。

　濃紺の着物を纏い、長い黒髪を若衆髷《わかしゅ》に結っている。

「あっ」

　こちらに気づき、小走りに駆けてきた。

　不覚にも、こんなところで出会《でくわ》すとはおもってもみなかったので、桃之進は逃げたい衝動に駆られつつも、わざとらしく笑みを浮かべて待った。

「葛籠さまではござりませぬか。いったい、どうなされたのですか」

「近くに寄ったついでに、結どのの顔を拝もうとおもうてな」

「嬉《うれ》しゅうござります。わたくしをお訪ねくださったのですね」

　嘘を吐いたので、少し胸が痛む。

「もしや、奥義の『千鳥』をご指南いただけるのでは」

「できぬできぬ。無理を申すな」

　慌てて拒《こば》むと、結は悪戯《いたずら》っぽく笑う。

桃之進は咄嗟《とっさ》に、はなしの矛先《ほこさき》を変えた。

「そうだ。堀川国広をお返しせねばならぬ。いずれ近いうちに、お持ちいたそう」

「お預けした刀がご負担ですか」

「いいや、そういうわけではないのだが、負担でないと申せば嘘になる。なにせ、お父上が白河公から下賜された宝刀ゆえな。いずれにしろ、八丁堀《はっちょうぼり》の薄汚い屋敷に、いつまでも置いておくわけにもまいらぬ」

「承知いたしました。なれば、奥義の『千鳥』をご指南いただくときに、お持ちくだされ」

「えっ」

「お嫌ですか」

「嫌ではないが、奥義を指南するには、今しばらくの猶予《ゆうよ》が要《い》る」

「いつまでも、お待ち申しあげますよ。それでは」

結は屈託なく微笑み、門のほうへ歩きはじめた。

消えかけたその細い背中に、桃之進は声を掛ける。

「結どの、お待ちくだされ。つかぬことをお聞きするが」

「はい、何でしょう」

振りむいた結は西陽をまともに受け、切れ長の眸子を眩《まぶ》しげに細めた。

桃之進は乾いた口許を舐《な》め、一歩前へ踏みだす。

「風柳銑十郎という御仁を、ご存じではあるまいか」

「存じておりますよ」

結はあっさり応じ、顔見知りの門番に遠慮しつつ、ことばを添えた。

「風柳さまは、長沼道場でも一、二を争う力量の持ち主であられます」

「えっ、まことか」

「はい。風柳さまは小手打ちの名手であられ、わたくしも立ちあえば三本に二本は取られます」

「ふうむ」

桃之進は唸った。

結と互角以上にわたりあうとなれば、尋常ならざる手練《てだれ》というよりほかない。

外見からは想像もできなかったので、驚きを隠しきれなかった。

「風柳さまが、どうかなされたのですか」

「いいや、別に」

「何ですか、それは」

「じつは、ご高名を伺ったものでな」

胸は痛んだが、桃之進は嘘をかさねた。

「さては、武芸者の血が騒がれましたね。風柳さまならば、相手にとって不足はございませぬ。葛籠さまとの勝負、是非ともこの目で拝見したい。よろしければ、お声を掛けておきましょうか」

「それはならぬ」

「えっ、どうして」

「いずれあらためて、拙者自身の口から腕試しを申しこむ所存ゆえ」

桃之進は火達磨《ひだるま》のような顔で嘘を吐いたが、結は無邪気に喜んだ。

「これで楽しみがひとつ増えました。それでは、失礼いたします」

結は丁寧《ていねい》にお辞儀をし、門の向こうへ消えていく。

桃之進はいつまでも、名残《なごり》惜しそうに見送った。

門番が空咳《からせき》をしたので、ようやく我に返る。

嘘をかさねたことが悔やまれた。

はなしは予想もしない方向へ転がりつつある。

ともあれ、結と約束をしてしまった。『千鳥』を指南するためには、鈍りきったからだを鍛えなおさねばならぬ。

「まいったな」

正義に殉じる捕り方を気取って、余計なことに首を突っこむからだ。

それにしても、風柳銑十郎をみくびりすぎていた。

「まったく、人は見掛けによらぬとはよく言ったものだ」

桃之進は吐きすて、坂道をとぼとぼ戻りはじめた。

西の彼方は茜雲《あかねぐも》に閉ざされ、霊峰富士はみえない。

「くそっ」

のうらく者をやめようと誓った日から、どうも歯車が狂いつつある。

下手《へた》にやる気を出すと、ろくなことはない。

元の自分に戻って、のらくら難事をやり過ごせばどれほど楽なことか。

「そうするかな」

いいや、ならぬ。ならぬものはならぬ。

桃之進は萎えかけた自分を鼓舞しつつ、坂道を登りきった。

# 六

重い足を引きずり、八丁堀まで戻ってきた。

途中、絹に手土産《てみやげ》を買ってやりたくなり、半襟屋へ立ちよってみたものの、気に入った品は高価すぎて手が出ず、あきらめて家路をたどった。

八丁堀に戻ったあたりから嫌な予感にとらわれていたが、案の定、冠木門《かぶきもん》を潜ってみると、玄関先に安島左内が待ちかまえていた。

肥えたからだに捕り方装束《しょうぞく》を着け、わざとらしく眉を吊《つ》って声を張る。

「葛籠さま、出役《しゅつやく》にござります」

喚《わめ》かずとも、扮装《いでたち》をみればわかった。

お調子者め、出役のときだけ張りきりおって。

内心で悪態を吐きつつ、飛び石を踏みしめる。

「賊は龍神一味にござりますぞ」

賊の名を聞いて、桃之進もさすがに驚かされた。

どうやら、一味の手下から密告があったらしい。

襲う先と日取りが判明し、月番の北町奉行所に属する与力同心のすべてに出役の命が下されたのだ。

「今宵《こよい》は御奉行御自らお出ましになるとのこと。葛籠さま、後《おく》れを取ってはなりませぬぞ」

小鼻を膨らませた安島の後ろには、家の連中が勢揃いしている。

勝代などは切り火を切り、一家の主人を戦場《いくさば》へ送りだす仕種《しぐさ》をした。

腹が立つのは弟の竹之進だ。だらしない浴衣《ゆかた》姿であらわれ、戯れた口調で「大手柄をあげてきてくだされ」と煽《あお》りたてた。

桃之進は安島から朱房の長十手《ながじって》を奪い、大小の脇に差しいれる。

「ご武運を」

みなに送りだされ、そそくさと冠木門の外へ取って返した。

「一味は日本橋駿河《するが》町の両替商を狙《ねら》っております」

と、安島が叫んだ。

「店の名は」

「さあ、そこまでは」

「莫迦《ばか》者、肝心《かんじん》なことを忘れるでない」

「はっ」

ともあれ、裏道をたどって駿河町をめざした。

いつのまにか日は落ち、あたりは薄闇に閉ざされる。

目途とするあたりへたどりつくと、捕り方どもが物陰に潜《ひそ》んでいた。

「おい、こっちだ」

低声《こごえ》のするほうに足を向けると、年番方《ねんばんかた》与力の漆原帯刀《うるしばらたてわき》がいる。

金公事方は年番方の下に置かれているので、桃之進の上役にあたる人物だ。

上役というよりも、天敵と言ったほうがよい。

そもそもは、老中田沼意次肝煎《きもい》りの切れ者という触れこみで、千代田城本丸から寄こされた。今では諸役の差配から人の配置まで、ほぼすべてを司《つかさど》っているのだが、桃之進からみれば、金柑《きんか》頭できゃんきゃん吠《ほ》える癇癪《かんしゃく》持ちにすぎない。

「おや、漆原さま」

「莫迦者、堂々と往来を歩くやつがあるか。賊にみつかったら懲罰ものぞ」

「申し訳ござりませぬ。されど、まだ暮れたばかりにござります。どうせ日付が変わるまで、賊はあらわれますまい」

「甘いのう。密告によれば、日没前後の逢魔刻《おうまがどき》が狙われるとのことじゃ」

「ほう、密告でございますか」

「青山泰造《あおやまたいぞう》は存じておろう。たしか、同年配のはずじゃが」

「風烈《ふうれつ》見廻り方の与力でございますな」

「さよう。青山は切れ者ぞ。のうらく者のおぬしとちがってな」

今宵の出役も、青山泰造が放った間者《かんじゃ》の密告に基づいたものらしい。

「ほほう、間者を潜りこませておったのですか」

「そうじゃ。青山は今から半年ほど前、幸運にも龍神一味の手下を捕まえた。そやつを間者に仕立てあげ、一味に潜りこませておいたそうじゃ」

苦労の甲斐あって、間者は盗みの日取りと場所を報《しら》せてきた。そして、今日という日を迎えたのだという。

「今宵こそは、龍神一味を一網打尽にする」

町奉行の曲淵《まがりぶち》甲斐守《かいのかみ》も大いに期待を掛け、みずから出張《でば》ってくることを確約したらしい。

「半分は青山の手柄だが、あとの半分は今宵、頭目の世作を捕らえた者のものとなろう。のうらく者のおぬしにも、手柄をあげる機会はあるというわけじゃ。せいぜい、気張るがよい」

「はあ」

桃之進は点頭し、安島とともに漆原のそばを離れた。

物陰には、手柄を狙う捕り方の面々が息を殺している。

「くふふ、膠《にかわ》与力どの、めずらしく張りきっておいでのようですな」

と、安島が笑いながら囁いた。

漆原は金公事蔵で「膠」と呼ばれている。膠で貼りつけたような分厚い面の皮という意味らしかった。

塀伝いにしばらく進むと、暗がりから手が伸び、つんと袖を引っぱられた。

立ちどまってみれば、轟三郎兵衛が紅潮した顔を差しだす。

「葛籠さまも手伝いに駆りだされましたか」

「ああ、そうだ。『花瀬』への張りこみ、無駄骨に終わりそうだな」

「ご迷惑をお掛けしました。されど、たしかな筋からの密告だったのですよ」

「たしかな筋とは」

「ここだけのはなしにしていただけますか」

「ああ」

「ならば、お教えしましょう。密告した者の名は藤次《とうじ》と申します。世作に恨《うら》みを抱《いだ》く元盗人でしてね」

「いつ、どこで知りあったのだ」

「藤次は神田連雀町《かんだれんじゃくちょう》で七つ屋《ななや》（質屋）を営んでおります。三月《みつき》ほどまえ、窩主買《けいずか》いの探索で知りあうことになり、どうしたわけか、意気投合いたしましてね」

三郎兵衛は何かと藤次を頼るようになった。そのことを意気に感じたのか、あるとき、龍神一味を束ねる世作のことを喋《しゃべ》ってくれたのだという。

「藤次のこと、青山どのには伝えたのか」

「いいえ」

「そいつは、まずいぞ」

「されど、青山さまも間者のことは黙っておられました」

「直属でないとはいえ、向こうは与力だ。今宵の出役も、青山どのが仕切っておられる。隠しておいたことがあとでばれたら、大目玉を食らうぞ」

「やはり、そうなりましょうか」

三郎兵衛は口を尖《とが》らせ、拗《す》ねた顔をする。

「ま、龍神の世作を捕まえたら、それどころではなくなるだろうがな」

「かならずや、この手で捕まえてみせます。ご両人には先を越されませぬぞ」

「毎度ながら、めでたい男だな」

桃之進は鼻で笑いつつ、肝心な問いを発した。

「ところで、賊の狙う両替商はどこだ」

「あれにござります」

三郎兵衛が指差したのは、三層からなる楼閣風の建物だ。

大屋根に掲げられた看板には『常盤屋《ときわや》』とある。

赤子でも知っている大店だ。

どこかで見掛けたような建物だなと、桃之進はおもった。

さよう、風柳を尾けていったさきで見掛けた京橋の絹糸問屋に似ている。

突如、捕り方どもがざわざわしはじめた。

「御奉行だ。御奉行のお出ましじゃ」

誰かの囁きに襟を正すと、与力たちがぞろぞろ集まってくる。

すでに輪の中心には、塗りの陣笠をかぶった人物が立っていた。

縦も横も大きく、ふんぞり返った態度はふてぶてしい。

北町奉行、曲淵甲斐守景漸《かげつぐ》であった。

若々しい外見をみただけでは、とても還暦を越えているとはおもえない。

齢四十五で北町奉行になってから、田沼意次の後ろ盾《だて》を得て辣腕《らつわん》をふるい、足かけ十七年もの長きにわたって江戸の行政を担いつづけている。

小塚原《こづかっぱら》で刑死人の腑分けをおこなわせたのも、大名屋敷を荒らしまわった因幡《いなば》小僧を捕まえて獄門にしたのも、殿中における田沼意知《おきとも》の刃傷沙汰《にんじょうざた》を裁いたのも、すべて景漸にほかならない。

市井《しせい》の人々からは「紛《まご》うかたなき名奉行」と敬われている。

もちろん、桃之進は声を掛けられたこともなかった。

面倒臭いので、背を向ける。

一方、安島と三郎兵衛は顔をおぼえてもらうべく、わずかでも前へ出ようとしていた。捕り方には同様に考える阿呆が多く、気づいてみれば、奉行のまわりに人垣ができている。

漆原が筆頭与力の権威をしめすべく、押し殺した声で叱責してみせた。

「たわけども、盗人一味に勘づかれたら水の泡ぞ。こうして御奉行にもご出馬いただいたのじゃ。何としてでも龍神一味を捕らえよ。頭目の世作を逃してはならぬ。北町奉行所の沽券《こけん》に関わるのだからな。わかったか」

「おう」

拳を突きあげた同心のひとりが、この場を仕切る青山にぱしっと平手で月代を叩かれた。

「莫迦者、声がでかい」

まわりから、失笑が漏《も》れる。

「とんだ茶番だな」

よもや盗人一味は顔を出すまいと、桃之進はおもった。

捕り方に尻尾《しっぽ》を摑ませたことのない盗人どもが、解《ほっ》れ目のめだつ網のなかへ、のこのこ掛かってくるはずはないのだ。

予感は当たり、待てど暮らせど龍神一味があらわれる気配はなかった。

翌朝、眠い目を擦りながら出仕すると、呉服橋の奉行所内は蜂の巣を突っついたような騒ぎになっていた。

「いったい何があったのだ」

同心のひとりを捕まえて質すと、明け方になって、京橋の絹糸問屋が蔵荒らしに見舞われたのだという。

折しも、蔵のなかは空っぽで、千両箱がひとつだけ奪われていた。

大口の決裁が終わったばかりで、被害は少なくて済んだという。

家人や奉公人に死人も出ておらず、それが不幸中の幸いだった。

「まちがいなく、龍神一味の仕業《しわざ》だ」

捕り方は動きを察知され、まんまと出しぬかれた。

頭目の世作は今ごろ、どこかで高笑いしているにちがいない。

みなが地団駄を踏んで口惜しがるなか、桃之進は冷静だった。

もしかしたら、盗人の尻尾を摑めるかもしれない。

そんな予感がはたらいたのだ。

龍神一味に襲われた絹問屋は、風柳銑十郎と何らかの関わりがある『上州屋』にほかならなかった。

七

船宿『花瀬』は蛻《もぬけ》の殻、雇われ女将の草代は行方《ゆくえ》知れずとなった。

一方、風柳銑十郎も土岐家の長沼道場へ、当面のあいだ暇《ひま》を貰いたい旨《むね》の願を届け、道場から居なくなっていた。

夕刻、男の亡骸《なきがら》が本所《ほんじょ》の百本杭《ひゃっぽんぐい》に浮かんだ。

風烈見廻り与力の青山泰造が間者に使っていた男にまちがいない。

無惨《むざん》にも匕首で滅多刺しにされており、殺害した者の恨みを強く感じさせるものだった。

ともあれ、捕り方は賊に利用され、完全に裏を掻かれた。

北町奉行の曲淵甲斐守は、大いに面目を失ったのである。

失態の責を負う恰好で、青山泰造には謹慎蟄居《ちっきょ》の命が下された。

家屋敷は同じ八丁堀の一角にあったが、そこだけが喪中でもあるかのように静まりかえっている。

仲間内で訪ねる者もいないなか、桃之進は手土産を携えて足を運んだ。

夕餉の済んだ頃合いなので、家々からは行灯《あんどん》の明かりが漏れている。

青山邸だけは雨戸を閉めきっているので、冠木門を潜ったさきは真っ暗だ。

足許に気を配りながら玄関までたどりつき、表口の板戸を敲《たた》いても、しばらくは応じる物音も聞こえなかった。

何度か繰りかえすと、ようやく板戸の向こうに人の気配が立った。

「夜分に申し訳ない。金公事方の葛籠桃之進にござる」

音もなく開いた板戸の隙間《すきま》から、青山本人が顔を半分だけみせる。

桃之進は一礼し、囁くように喋った。

「青山どの、葛籠でござる」

名乗りあげても、ぼけっとみつめている。

無理もない。同じ与力といっても、初対面のようなものだからだ。

青山の口から「何か」と、血の通っていないことばが返ってきた。

「ご不審におもわれるかもしれぬが、そこもとの無念を晴らしたい。少しばかり、お聞きしたいことがござってな」

桃之進は神妙な顔で言い、手土産を差しだす。

「これを。提灯《ちょうちん》掛け横町のみたらし団子でござる」

「おう、それはありがたい」

青山は角張った顔を弛めて歯をみせ、板戸を開けてなかへ入れてくれた。

「葛籠どの、お気遣いはありがたいが、ご存じのとおり、拙者は謹慎の身でござる。訪ねてこられたことが誰かに知れたら、葛籠どのもただでは済みませぬぞ」

「なあに、上に叱られるのは馴れておるゆえ、ご心配にはおよばぬ」

「そこまで仰るなら、おあがりくだされ」

「いいえ、玄関先でけっこう。さっそくでござるが、間者のことはお聞きになられたか」

「聞きました。佐平《さへい》を殺ったのは、まちがいなく、世作かその手下どもにございましょう。間者と気づいたときから、泳がしておったに相違ない」

「なるほど、間者を利用して捕り方の目を欺《あざむ》いたわけか。敵も然《さ》る者でござるな」

「口惜しゅうて仕方ありませぬ。拙者が手柄を焦ったばっかりに、みなさまに多大な迷惑をお掛けしてしまった」

「出役で成功するか否《いな》かは五分五分《ぶ》、とも言われております。一度くらい失敗《しくじ》ったからといって、くよくよすることはない」

　青山は探るような目でみつめてくる。

「無礼を承知で申しますが、葛籠さまは綽名どおりのお方だ」

「ぬはは、のうらく者でござるか」

「さよう。たった一度の失態でも、出世の道は閉ざされる。それが宮仕えというものにござりましょう。拙者は風烈見廻り与力を皮切りに出世を重ね、吟味《ぎんみ》方や年番方に昇進し、いずれは江戸町奉行になることを夢みておりました」

「壮大な夢でござるな」

「なるほど、一介の見廻り方から江戸町奉行に昇進した例はない。されど、御家人の家に生まれた一介の勘定方が遠国《おんごく》奉行になった例はござる。夢は大きく描かねばおもしろくない。ちがいますか」

夢の潰《つい》えた男が目をきらきらさせながら、叶《かな》わぬ夢を語っている。

桃之進はあまりに哀れで、鼻の奥がつんとなった。

だが、ここは心を鬼にしなければならない。

「ところで、佐平と申す間者、半年前にたまさか捕縛されたと聞きました。よくぞ、龍神一味との関わりがおわかりになったな」

「責め問いをやって、気づいたのでござる。龍神一味はからだのどこかに、かならず、黄金の倶利迦羅紋々《くりからもんもん》を彫っている。そう、噂《うわさ》で聞いていたもので」

「黄金の倶利迦羅紋々が、佐平にもあったと」

「右肩にござりました」

佐平は腕の良い錠前師であったという。龍神一味の盗みとは別にはたらいた錠前破りの嫌疑で捕まり、青山の責め問いを受けたのだ。

「佐平には妻子がありましてな、小悪党にしては子煩悩《こぼんのう》なやつで、五つの娘を舐めるように可愛《かわい》がっていた。それゆえ、間者に仕立てあげることができました」

「妻子を人質にされたと」

「そうでもせねば、龍神一味の手下を寝返らせることなどできませぬ」

数ヶ月のあいだ様子を眺め、間者の資質があるかどうかを見極《みきわ》めたうえで使った。入念な準備があったからこそ、奉行の曲淵甲斐守も一味を一網打尽にできると踏んだのだ。

「ところが、肝心なところで佐平は失敗った。世作のほうが一枚上手《うわて》だったと申すしかない」

「佐平とは、どのように連絡《つなぎ》を取りあったので」

「月に一度、向島《むこうじま》の外れにある荒れ寺で会いました。慎重にも慎重を期しておったので、万が一にもみつかる恐れはないと踏んでおったのだが」

「一味のねぐらは」

「それが、はっきりいたしません。世作は転々とねぐらを替え、ひとつところにとどまっていなかった」

しかも、出没するさきは江戸府内にかぎっておらず、関八州にひろがっていたという。

「手下の数は」

「佐平も入れて、四人でござる。なかでも、佐平は錠前破りの手腕を重宝《ちょうほう》がられており、一味にとって、なくてはならない仲間だった」

「それを無惨にも殺《あや》めた。よほど裏切られたのが口惜しかったとみえる」

「みせしめというやつでしょう。佐平を殺めねば、ほかの手下にしめしがつかなかった」

お偉方の何人かには明かしているが、青山は切り札になる手下どもの人相書をかかせていた。

「世作の右腕は、化《ば》け茄子《なす》の伊介《いすけ》と申します。飛脚《ひきやく》の留八《とめはち》は身の軽い男で、それがふたり目。三人目は、半年ほど前から仲間にくわわった山田茂助《やまだもすけ》という男でござる」

「山田茂助か」

「さよう。佐平によれば、剣客《けんかく》くずれの見張り役だとか。まあ、今となっては、そんな仲間がいるのかどうかも疑わしいと、御奉行は仰ったそうです。こたびの一件で、すっかり信頼を失ってしまいました。されど、拙者は佐平を信じたい。あやつはけっして拙者を裏切ったわけではない。人相書にかかれた連中も、きっとこの世にいるとおもいたいのでござる」

直《じか》に関わっていないので難しいかもしれぬが、できれば人相書をこの目でみておきたいものだ。

ところが、頭目の世作だけは顔立ちがはっきりしないという。仲間内で集まっても、頭巾《ずきん》でいつも顔を隠しており、声すら発したことがなく、指図はすべて筆談でおこなわれていた。

「分け前はきっちり払うし、盗みの手口も鮮やかだ。何よりも、捕り方から尻尾を捕まれたことがない。それゆえ、手下どもはひとことも不平不満を漏らさなかったそうです」

「佐平はどうやって、世作と連絡を取っていたのでござろう」

「世作のほうから、ふいに文が届くのだとか」

文を持ってくるのは、明樽《あきだる》拾いの小僧や岡場所の文使いだった。

「手下にさえ、けっして居場所は明かさぬ。慎重さが尋常ではない」

呆れてみせる青山に向かって、桃之進は問いを変えた。

「ところで、佐平の妻子はどうなされた」

「配下の同心に匿《かくま》わせております。居場所が知れたら、世作が放っておかぬ。そう考えたものですからね。佐平へのせめてもの供養でござるよ」

「ご立派だ。なかなかできることではない」

桃之進は感心してみせ、肝心なことを聞いた。

「佐平の口から、世作がねじろにする船宿の名が漏れたことはありませんでしたか」

「船宿でござるか」

「女将の名でもけっこうです」

「はて。おぼえがござらぬ」

「さようですか」

肩を落とすと、青山は不思議がった。

「それにしても、何故、葛籠どのが龍神一味の探索を」

「無論、金公事方の役目ではござりませぬ。一味の尻尾を摑んでも、手柄にはなりますまい。されど、拙者は手柄なぞ、どうでもよいのでござる。欲に駆られた盗人どもが公儀を嘲笑《あざわら》い、大手を振って悪事をはたらくのが許せぬ。金公事方であろうと何であろうと、町奉行所の役人ならばやらねばならぬ。幕臣の沽券に懸けても、花のお江戸を揺るがす盗人どもは成敗せねばならぬ。そう、おもいましてな」

歌舞伎《かぶき》役者のように見得《みえ》を切ると、青山は目に涙を溜めて何度もうなずく。

「葛籠どの、拙者は貴殿のようなお方を待っていたのかもしれぬ。拙者には、もう出世の芽はござらぬ。悪くすれば御役御免ともなりましょうが、世作だけはこの手で捕らえたい。くそっ、浴びるほど酒を呑みたくなってきた。どうです、おひとつ」

「呑みたいのは山々だが、それでは本末転倒になる。おたがい、今は自重いたしましょう。龍神一味を捕縛したあかつきには、是非」

桃之進は両手を差しだして青山の手を握り、固い約束を交わす。

奥のほうから、赤ん坊の泣き声が聞こえてきた。

「あの声は」

「拙者の娘にござる。遅くできた子ゆえ、可愛くて仕方ない」

「さようでござるか」

桃之進は深々と頭を下げ、青山のもとを辞去した。

冠木門を潜ると、隣人の与力が門から顔を出してくる。

「おぬしは誰じゃ」

桃之進は問われ、胸を張って応じた。

「誰でもよかろう。同僚が困っておるのに、みてみぬふりができるか。助けてやる気がないなら、すっこんでろ」

海底に潜むうつぼのごとく、与力は顔を引っこめる。

やりきれない気持ちを抱えたまま、桃之進は家路をたどった。

## 八

龍神一味に襲われた『上州屋』は、盗みのあった前日に風柳銑十郎が『花瀬』から足を運んださきだった。

風柳は、手代風の若い男から文を受けとっていた。

もしかしたら、ふたりは盗人の一味なのかもしれない。

生きのこっている三人のうち、ひとりは剣客くずれだと、青山は言った。

それが風柳だとすれば、草代との関わりはどうなってくるのだろう。

草代はただの雇われ女将で、世作の情婦ではないのか。

わざわざ、風柳が金公事に訴えた理由も判然としない。

盗人の一味ならば、息を潜めているべきではなかったのか。

桃之進は一から調べなおすべく、轟三郎兵衛をともなって神田連雀町に向かった。

行き先は、龍神の世作と『花瀬』の関わりを喋った七つ屋のところだ。

主人の藤次は、殺められた佐平と同じ密告者にほかならず、直《じか》にはなしを聞く価値があるとおもった。

連雀町には香具師《やし》の連中が多く住んでいる。

露地裏に踏みこめば、朽《く》ちかけた棟割長屋が所狭しと並んでおり、七つ屋もそうした露地裏の小便臭い袋小路にひっそりと佇んでいた。

質札を大きな束にして、軒《のき》から看板代わりにぶらさげている。

敷居をまたぐと、丸眼鏡《まるめがね》を掛けた主人が帳場格子《ごうし》から顔を持ちあげた。

狭い部屋には炬燵《こたつ》だの蚊帳《かや》だのが雑然と並べられ、黴臭い臭いが漂ってくる。

「藤次、わしだ。定町廻りの轟三郎兵衛だ」

名を聞いて跳ねおき、藤次は裸足《はだし》で土間に飛びおりてきた。

表戸を立てて心張棒まで支《か》い、三郎兵衛に目を向ける。

「旦那、明るいうちに来られたら困りやす」

「それは済まぬ」

「世作の手下が無惨な死にざまを晒したって聞きやしたぜ」

「早耳だな」

「蛇《じゃ》の道はへびでね」

藤次は笑いかけ、ふっと口を噤《つぐ》む。

三郎兵衛の後ろに、桃之進をみつけたのだ。

「そちらの旦那は」

「金公事方与力の葛籠桃之進さまだ」

「……よ、与力」

「案ずるな。奉行所で唯一、わしが信頼をおく御仁だ。与力とは申せ、偉くはない。なにせ、金公事を任されておるのだからな。風采のあがらぬ見掛けとちがって、存外に剣は立つ。いざというときは、頼りになるかもしれぬ御仁よ」

小莫迦にされたようで、気分が悪くなった。が、三郎兵衛に悪意はないようだし、小悪党面の七つ屋も警戒を解《と》いた様子だった。

「ところで、本日は何のご用で」

「無論、世作のことさ」

「へへ、旦那方は裏を掻かれたそうでやすね」

「なぜ、知っておる」

「ですから、蛇の道はへび」

「まあ、よかろう。おぬし、世作は『花瀬』をねじろにしていると申したな。そのはなしをもう一度、葛籠さまにしてさしあげろ」

「この目でみたんでやすよ。それも一度じゃねえ。二度もね」

三年前のことだという。藤次は世話になっていた地廻りの親分から、とある両替商の絵図面を手に入れてほしいと頼まれた。当時、掏摸《すり》を生業《なりわい》にしていた藤次は、両替商に出入りする大工棟梁《とうりよう》を何日も尾行して絵図面を入手し、それが縁で龍神一味と組むことになった。

「つまり、あっしの盗んだ絵図面をもとに、一味は蔵荒らしを企てていやがったんでやすよ」

一味は浅草田圃《あさくさたんぼ》にある荒れ寺に集まり、企てを練《ね》りあげた。頭目の世作はいつも黒頭巾で顔を隠し、暗がりに座ってひとことも喋らなかった。藤次は不安になり、悪巧みが終わったあと、二度にわたって世作のあとを尾けたのだという。

「行きついたさきが、柳橋の『花瀬』でやした」

「女将といっしょにいるところは、みなかったのか」

桃之進の問いに、藤次は首を振る。

世作は船宿のなかに消えると、二度ともすがたを消してしまった。

「たぶん、夜明け前に裏口から去ったんでやしょうよ。あきらめの悪いあっしはそうおもいやしてね、二度目は裏口を張りこんでやった。ところが、翌朝になっても、世作をみつけられやせんでした」

三郎兵衛が口を挟む。

「おぬしは三度目の集まりのあと、手下どもから袋叩きにされたと申したな。その理由は」

「てえしたことじゃありやせん。目つきが気に食わねえとか、態度がでけえとか、つまらねえ難癖をつけられ、半殺しの目に遭《あ》わされたんだ。絵図面を調達した報酬《ほうしゅう》も払ってもらえず、おまけに右手の指を五本ともへし折られた。このとおり、今でも箸《はし》もまともに持てやせん。巾着切《きんちゃくきり》はね、指をやられたら仕舞いなんでやすよ。だから、商売替えするっきゃなかった」

便利に使うだけで、最初《はな》から仲間にする気はなかったかもしれない。命があっただけでもありがたいとおもえと、桃之進は胸につぶやいた。

「くそっ、やつらのことをおもいだすと、胸くそが悪くなってくらあ」

いずれにしろ、おもった以上に龍神一味への恨みは強い。

これならば信用できると、桃之進は踏んだ。

「手下どもの名と顔はおぼえておるか」

「夜目でやしたからね、ちょいと顔はおぼえておりませんや。それに、あっしは信用されてなかったから、親しくなったやつもいねえ」

「人数は」

「三人おりやした」

「侍はおったか」

「たぶん、いねえとおもいやすよ」

「山田茂助という名に、おぼえは」

「はて」

「されば、風柳銑十郎はどうだ」

「風柳の旦那なら、ようく存じておりやすぜ」

「何だと。まことか」

桃之進も三郎兵衛も前のめりになる。

藤次はすかした顔で応じた。

「ええ、半年前からのおつきあいでね。元はお旗本だったとかで、けっこう高価な質《しち》草《ぐさ》をお持ちこみいただきやしたよ」

「今でも、ここに来るのか」

「そう言えば、この半月ほど見掛けておりやせんね。でも、家はお近くだから、いずれ蚊帳でも預けにこられやしょう」

「なるほど、風柳はこの近くに住んでおるのか」

藤次のそばに住み、監視の役目を負っていたのかもしれない。

心張棒まで支ってあるにもかかわらず、ふと、桃之進は背中に誰かの眼差しを感じた。

目のまえに座っている丸眼鏡の男は、もしかしたら命を狙われているのではあるまいか。

不吉な予感を掻き消すように、首を左右に振る。

何となく、引っかかることがあった。

「さきほど、おぬしは両替商の絵図面を盗んだと申したな」

「ええ、言いやしたよ。その店は今も駿河町にありやす。へへ、大店でやすぜ」

「屋号は」

――常盤屋。

と聞き、桃之進は三郎兵衛と顔を見合わせた。

捕り方が総出で網を張った大店にほかならない。

藤次は丸眼鏡をずらし、胸を張った。

「さすがの龍神一味も、あそこだけは無理でやしょうよ」

「どうして」

錠前が三重になっているうえに、蔵の外壁には銅板が貼りつけてあるという。

「さすがは、天下の『常盤屋』だ。御用達の雄藩は五指に余り、蔵には数万両のお宝があるって噂でやすがね、あれほど警戒が厳重な蔵は江戸広しといえども見当たりやせんぜ。世作たちも、絵図面をみてあきらめたんでやしょう。それを証拠に、三年経っても押し入る気配はありやせんからね」

奉行所の連中も、誰ひとり『常盤屋』が狙われるとはおもっていない。一度警戒を解いたさきが狙われるはずはないと、おもいこんでいるのだ。

盲点かもしれぬ。

桃之進自身、駿河町の両替商のことなど頭から消していた。

だが、龍神一味の真の狙いは『常盤屋』なのではあるまいか。

そんな気がしてならなかった。

## 九

駄目元で裏長屋を訪ねてみたが、風柳はすでに去ったあとだった。

奉行所へ戻ってみると、馬淵がめずらしく目を醒《さ》ましており、馬面をかたむけてくる。

「風柳銑十郎を調べてみました」

「お、そうか」

「どうやら、御書院番をみずから辞めたようでござる」

馬淵は以前、町奉行直属の隠密廻りであった。奉行所を裏で牛耳《ぎゅうじ》っていた年番方与力に抗《あらが》い、金公事蔵へ押しこめられたのだ。その年番方与力には正義の鉄鎚《てっつい》が下されたが、馬淵はあいかわらず「芥溜」の住人に甘んじている。

それを苦にもせず、いざというときは隠密働きをしてくれるので、桃之進は平常《ふだん》から強いことを言えずにいた。

「御番入りを果たした風柳は誰よりも剣ができたので、新入りのなかでも注目されておったようです。ただし、出る杭は打たれるの格言どおり、上の連中からえげつない嫌がらせを受けました」

書院番は番方のなかでもひどいいじめのあることで知られ、新入りの半数は気鬱《きうつ》の病になり、二、三人は辞めていく。それでも、性根の据わった風柳は動じることもなかったらしい。

数年が経ち、縁あって家格が遥かに上にあたる旗本の娘を娶《めと》ることとなった。それが災いの呼び水となり、風柳は縁組を嫉《ねた》んだ上役に理不尽な仕打ちを受けた。上役は、何と手込めにした女中奉公の娘を押しつけてきたのだという。

「上役は鬼頭半右衛門《きとうはんえもん》と申します」

鬼頭は婿《むこ》養子だけに、火遊びが露見すれば三行半《みくだりはん》を書かされるはめになる。事実、露見しそうになったので、配下の風柳に女中奉公の娘を押しつけるという苦肉の策に出たのだ。

上役に土下座されたら、拒むわけにはいかない。

風柳は涙を呑んで申し出を受け、結納まで交わしていた相手とも破談になった。

「その上で、どこの馬の骨とも知れぬ下女を溺愛《できあい》し、役目に身を入れぬ役立たずと、風柳は鬼頭に噂をひろめられました」

そうしたさなか、鬼頭が寝所で殺害されるという凶事が起こった。

表向きは病死とされたが、どうやら風柳に押しつけた下女に出刃庖丁《でばぼうちょう》で滅多刺しにされたらしかった。下女は見つからず、凶事の直後、風柳は書院番の役を辞し、小《こ》普請《ぶしん》入りもせずに行方知れずとなった。

「それが半年前のことでござります」

浪人になった理由は判然としない。

事情を知る者は、お城勤めがほとほと嫌になったのだろうと同情したが、半月も経つと風柳のことを口にする者もいなくなった。

「じつは、その消えた女中奉公の娘が草代ではないかと、拙者はみておりまする」

「まことか」

「はい。おそらくは」

馬淵は念の入ったことに、鬼頭家の奉公人たちに人相の特徴を聞いた。

すると、娘の顔は草代と似ていたらしい。

「草代の請《う》け人は、室《むろ》町で『越中屋《えっちゅうや》』なる薬種問屋を営む伊介という男でございました」

伊介は以前から鬼頭家に出入りしており、草代は伊介の築いた信用で奉公できることとなった。草代は美しいうえに働き者で、おまけに気立ての良い娘と評判だったらしい。

ところが、馬淵が調べてみると、室町には、たしかに『越中屋』はあったし主人の名も伊介でまちがいなかったものの、その人物は請け人となった伊介とは似ても似つかぬ別人だった。

「待てよ。伊介という名に聞きおぼえがあるぞ。たしか、龍神一味のなかにおったな」

「化け茄子の伊介」

「何だ、調べておったのか」

「はい。龍神一味は何らかの目途を持って、草代を鬼頭家に送りこんだとみるべきでしょう」

「目途とは何だ」

「はっきりいたしませぬが、ひとつ気になることが」

「ほう、それは」

「鬼頭家は代々、とある藩の出入旗本でござりました。その藩というのが、上州沼田三万五千石《ごく》の土岐家にござります」

「土岐家か、ふうむ」

桃之進は唸った。

風柳は幕臣を辞め、同家の長沼道場に潜りこんだ。

龍神一味と風柳を結ぶ鍵《かぎ》は、土岐家にあるのかもしれない。

「一味は土岐家の何かを知りたいために、鬼頭家へ近づいた。そして、草代は目途を達したものの、何の関わりもない風柳を巻きこんでしまった。草代が風柳を哀れにおもい、無念を代わりに晴らしてやったとしたら、風柳が幕臣を辞めた理由も説明できるような気がいたします」

「わからぬな。どういうことだ」

「風柳は忍耐強い男のようでござりました。役目にも誇りを持っていたし、公儀への忠誠にも並々ならぬものがあった。何よりも、公儀の組織《しくみ》と不文律を頑《かたく》なに守ろうとした。上役にどれだけ理不尽なことをされても、文句も言わずにしたがい、みずからが犠牲になることで凌《しの》ごうとしたのでござる。ゆえに、草代が自分を哀れんで凶行におよんだと知り、そうさせた自分自身が許せなくなったにちがいない。自分のせいで鬼頭が殺められたとするならば、その責を負わねばならぬ。それが侍の道だと考えたのではあるまいか。拙者には、そうおもわれて仕方ないのでござります」

「ばかげた憶測だな」

桃之進は吐きすてつつも、馬淵のみたては的《まと》を射ていると感じていた。

みたてが正しいとするならば、幕臣を辞めてからも草代と繋がっている説明はつきやすい。

「龍神一味のなかに、山田茂助という剣客くずれがおるそうですな」

「青山泰造どのの配下に聞いたのか」

「はい。ついでに、どうにか頼みこんで、人相書もみせてもらいました」

「ほう、よくみせてもらえたな」

どうやら、隠密廻りのころに貸しのあった相手らしい。

馬淵は、にやりと笑った。

「山田茂助は風柳銑十郎と同じ顔をしておりましたぞ」

「何だと」

予想していたこととはいえ、少なからず衝撃を受けた。

書院番士までつとめた男が、龍神一味の仲間にくわわっていたのだ。

「幸か不幸か、風柳には養わねばならぬ双親《ふたおや》も妻子もおりません」

「わからぬ。盗人になりさがった男が、何故、金公事に訴えたのであろうか」

「そこだけが、拙者にもわかりませぬ」

馬淵が眉をひそめたところへ、安島が興奮醒めやらぬ顔で戻ってきた。

「葛籠さま、ひよっこの三郎兵衛からのことづてにござります。七つ屋の藤次が斬られました」

「何だと」

昼の日中、大勢の人々が行き交う往来のまんなかで、擦《す》れちがった浪人風体の侍に袈裟懸《けさが》けの一刀を浴びせられたという。

「くそっ」

敵は証拠を消しにかかっている。

桃之進はおもわず、腰を浮かせかけた。

ここでじっとしているわけにはいかない。

さりとて、風柳も草代も行方知れずのなか、どう動いてよいのか迷うところだ。

「駿河町の『常盤屋』へ行ってみませぬか」

お調子者の安島が、軽い口調でおもいがけない台詞《せりふ》を吐いた。

なるほど、龍神一味がつぎに狙うとすれば『常盤屋』かもしれぬと、桃之進も考えていたところだ。

「おぬしも、たまにはよいことを言うな」

褒《ほ》めたつもりはなかったが、安島はしきりに照れてみせた。

十

桃之進は安島をともない、駿河町へ向かった。

鰯雲《いわしぐも》に覆《おお》われた空のもと、聳《そび》えたつ千代田城の背後には富士山をのぞむことができる。土岐屋敷へとつづく江戸見坂から眺める富士もすばらしかったが、やはり、左右に大店が並ぶ駿河町の大路《おおじ》から富士をのぞむ景色に敵《かな》うものはない。

しばしみとれていると、安島に袖を引かれた。

「毎日眺めておって、飽《あ》きませぬか」

「莫迦者。富士は日ごとに別の顔をみせる。それがわからぬのか」

われながら、つまらぬ台詞を吐いたものだ。

気づいてみれば『常盤屋』の正面に立っていた。

「とりあえず、主人に挨拶でもしときましょうか」

敷居をまたいで案内を請うと、丁稚《でっち》小僧が出てきて客間へ通された。

しばらくすると、でっぷり肥えた主人が愛想《あいそ》笑いを浮かべてやってくる。

「これはこれは、お役目ご苦労さまにござりまする。手前が主人の撫兵衛《ぶへえ》にござります」

　すかさず、安島が嘘を吐いた。

「こちらは与力の葛籠桃之進さまじゃ。曲淵甲斐守さま直々《じきじき》の御用でまいった。わしは配下の安島左内じゃ。忙しいところすまぬが、しばらくつきあってくれ」

「それはもう、御奉行さまにはご贔屓《ひいき》にしていただいておりますし、こたびは与力の青山さまに大変お世話になりました。おかげさまで、手前どもは蔵を荒らされずに済みました。されど、京橋の『上州屋』さんがとんだ目に遭ったと聞き、胸を痛めております。しかも、青山さまには謹慎のご沙汰が下されたとか。何やら、申し訳ないことで」

　丁稚が茶を運んできても、主人は止めどなく喋りつづける。

　桃之進は襟を正すと、抑えた調子で問いを発した。

「ところで、あれから何か変わったことは」

「別にござりませぬ。ただ、万が一のために、蔵のお宝を別のところへ移そうかと」

「ほう、それはまたどうして。銅板に囲われた『常盤屋』の蔵は、江戸で一番頑丈だと聞いておるぞ」

「築いて二十年余り経っており、綻《ほころ》びもめだちはじめました。おかげさまで盗人に狙われる恐れもなくなりましたもので、建て替えをすることにいたしました。そのあいだは、芝《しば》の蔵屋敷をお借りしようかと」

うっかり口を滑らせたと気づき、主人はふっと黙る。

桃之進は聞き逃さない。

「蔵屋敷というのは、どの藩のものかな」

「へえ。それがその」

「御奉行にもお伝えせねばならぬ。さあ、申してみよ」

「へえ。土岐さまの蔵屋敷にございます」

「土岐家か」

大口の貸付をしている相手でもあり、前々から、万が一のときは蔵屋敷を借りる了承を得ていたらしい。

桃之進は冷静さを装い、問いをつづけた。

「して、お宝を移す日取りは」

「半月ほどさきになりましょう。先様と段取りを詰めさせていただき、日取りが決まりましたら、お知らせいたします。お宝を移す際、皆々様にはまたお世話にならねばなりませぬゆえ」

大名貸しもしている大きな両替商を守るのは、町奉行所の役目としてあって当然のことだ。

「それでは、ごゆるりと」

意味ありげに微笑んで席を立った主人に代わり、痩《や》せた番頭が三方《さんぽう》を抱えて入ってくる。

「今後ともよしなにお願いいたしますと、主人からの伝言にございます」

慇懃《いんぎん》な物言いで畳に滑らせた三方には、袱紗《ふくさ》に包んだ小判が載っている。

安島が猫のように喉《のど》を鳴らした。

「されば、遠慮なく」

受けとらねば怪しまれるので、桃之進は袱紗ごと摑んで袖口に入れる。

存外に軽い。五両程度か。

安くみられたものだが、袖の下を引きだした恰好になったので少し胸も痛んだ。

店から外へ出ると、安島が早口でまくしたてる。

「葛籠さま、お聞きになられましたか。常盤屋は、お宝をごっそり土岐家の蔵屋敷に移す腹づもりですぞ。龍神一味がそのことをあらかじめ知っておったとしたら、是が非でも手に入れたいものは何でしょう」

「蔵屋敷の絵図面であろうな」

「ご名答にござる」

草代は蔵屋敷の絵図面を手に入れるべく、土岐家と縁の深い鬼頭家に奉公したのかもしれない。そして、目途を達したのだ。

「繋がりましたね。こいつはおもしろいことになってきたぞ」

龍神一味が『常盤屋』を襲うとみせかけて『上州屋』を襲ったことも、堅固な蔵からお宝を移させる布石だったにちがいない。

最初から土岐家の蔵屋敷に移されたお宝を狙う気でいたのだ。

「ところで、袖の下はいかほどござりましたか」

「気になるのか」

桃之進は袖をまさぐり、袱紗ごと安島に手渡す。

「ん、五両か。しけていやがる」

「持ち馴れぬものを持つと肩が凝る。おぬしに預けておこう」

「合点《がってん》で」

戯れたように返事をし、安島は嬉しそうな顔をする。

桃之進は店から遠ざかりつつ、何気なく振りむいた。

店の脇から、出入りの行商風の男が風呂敷包みを抱えて出てくる。

「あっ」

桃之進は安島の首根っこを摑み、物陰に身を寄せた。

「ど、どうされました」

「あの男、どこかで見掛けた顔だ」

「えっ」

「おもいだしたぞ。『上州屋』で風柳に文を手渡した手代だ。尾けるぞ」

「ほいきた」

男は急ぎ足で遠ざかり、半町《ちょう》ほどさきの四つ辻を曲がった。

ふたりは急いで追いかけたが、四つ辻を曲がったところで邪魔がはいる。

横から猛然と駆けてきた別の男が、先頭を行く安島にぶつかってきたのだ。

「おっと、危ねえ。とんだ失礼をいたしやした」

町人風の男は「ご容赦《ようしゃ》、ご容赦」と謝り、とんでもない速さで居なくなる。

「韋駄天《いだてん》だな」

桃之進は吐きすてるなり、はっとした。

龍神一味の手下には、飛脚の異名をとる韋駄天がいる。

「うわっ、くそっ」

安島が空の袖を振って叫んだ。

五両をすられたのだ。

行商の恰好をした男のすがたも消えている。

尾けられているのに気づき、仲間が助けにはいったにちがいない。

ひとりは化け茄子の伊介、もうひとりは飛脚の留八であろう。

「ちくしょう、せっかくの金子《きんす》を盗まれちまった」

安島の落ちこみようは尋常でなく、その場に蹲《うずくま》って頭を抱えこんだ。

十一

桃之進の追及に、安島は渋い顔でこたえた。

風柳鉄十郎から袖の下を貰い、金公事に取りあげるべく便宜《べんぎ》を図ったのだという。

「怪《け》しからんやつだな」

桃之進は憤慨しながらも、風柳がどんな気持ちで中立書を書いたのか、あれこれ考えをめぐらせた。

いくら考えても、草代を訴えた意図がわからない。
盗人の一味なら、町奉行所と関わりを持つことは避けねばならなかったはずだ。
おそらく、二十両の貸し金などは、どうでもよかったのだろう。
実際に借金があったのかどうかも、今となってみれば疑わしい。
借金がなかったとすれば、とんだ猿芝居をみせられたことになる。
度肝を抜かれた草代の啖呵《たんか》は、迫真の演技というやつだったのか。
ただし、金公事のおかげで真相に近づくことができたのも事実だ。
「金公事方をみくびりおって。後悔させてやらねばなるまい」
桃之進は縁側に腰をおろし、爪先《つまさき》の巻き爪を切りはじめた。
飛び散った爪をめがけて、雀どもが突っつきにやってくる。
「莫迦め、餌ではないぞ」
ついでに、蠅《はえ》も飛んできた。
頭のまわりを、ぶんぶん飛びまわる。
じっと息を止め、蠅との間合いを計った。
今だ。
摑んだ掌《てのひら》の隙間から、蠅は悠々《ゆうゆう》と逃れていく。

「ほほほ、逃しましたね」

振りむけば、絹がふくよかな顔で笑っていた。

「お茶をお持ちしました」

「ふむ、すまぬな」

床に置かれた丸盆から、ぐい呑みを取りあげる。

絹はそのまま隣に座り、黙って庭をみつめた。

何やら淋《さび》しげな眼差しのさきには、春先に植えた撫子《なでしこ》が可憐《かれん》な花を咲かせている。

「どうした」

絹が笑う。

桃之進はずるっと茶を啜り、渋い顔になった。

「苦いお茶にござりましょう」

「……そ、そうだな」

責め苦のつもりか。

もしかしたら、狩野結に恋慕する心を見抜かれてしまったのか。

いや、それはあるまい。口に出したこともないのだ。

何らやましいことはない。それとも、別のおなごを心に描くだけで罪になるのだろうか。

「近頃、桃之進さまが別の殿方にみえて仕方ありませぬ」

「えっ」

「十三年前、途方に暮れるわたくしを家に置いてくださると知り、どれほど嬉しかったことか」

「おいおい、何を言いだす」

「最後までお聞きくだされ。まだ喪も明けぬうちのことゆえ、わたくしは悲しい顔をつくっていなければなりませんでした。されど、心は沸《わ》きたつような喜びに震えていたのでございます。亡くなったお兄さまは、商家出のわたくしを大切にしてくださいました。いくら感謝しても足りぬほどですが、つまるところ、わたしくは持参金の一部にすぎませんでした。されど、桃之進さまはちがった。わたくしを、おなごとして扱ってくださった。それがどれほど嬉しく、ありがたいことであったか。そのことを、いつか、お伝えしようとおもっておりました」

「なぜ、今でなければならぬ」

「わかりませぬ。秋風に吹かれていたら、何とのう、胸の裡を聞いていただきたくなりました」

「さようか」

ここが褥《しとね》であったならば、絹の肩を抱きよせていたところだ。

だが、桃之進は自重した。

「絹よ、わしはな、お役目で長らく冷や飯を食わされてきた。それを口惜しいともおもわず、淡々と受けいれ、だらだらと時を過ごし、自分はそれだけの器《うつわ》なのだと、あきらめてもいた。されどな、あきらめたら仕舞いだと気づいたのだ。あきらめずに信じた道を進めば、かならずや幸運に恵まれる。わしはな、生まれかわろうと決めたのだ。目先のことに誠心誠意取りくもう。こうと決めたら投げださずに最後までやり抜こう。さすれば、悍馬《かんば》のごとく遥かな高みまで飛べるかもしれない。そんなふうにおもってな」

「良きことにござります」

絹は目をきらきらさせ、何度もうなずいてみせる。

桃之進は木刀を握り、裸足で庭へ飛びおりた。

「手はじめに、素振り千回じゃ」

結の幻影を断ち、風柳や草代の幻影を断ち、あらゆる雑念をかなぐり捨てるべく、木刀を振りつづける。

「うりゃっ、とあっ」
激しい掛け声とともに、心地《ここち》よい汗がほとばしった。
暗がりのなかから、突如、顔のない男が浮かんでくる。
誰だ、おぬしは誰だ。
胸の裡で問いかける。
もしや、龍神一味の頭目か。
みずからの手で世の中を作りかえたいと考え、世作と名乗るようになった。
関八州を席捲《せっけん》する不埒な盗人を、是が非でも捕らえたい。
手柄も出世も望まぬ。欲得は抜きにして捕らえさせてほしいと、桃之進は強く願った。

十二

土岐家の蔵屋敷は、芝浜の砂州《さす》に建っている。
両替商の『常盤屋』は、盆も過ぎた二十日に蔵のお宝を移した。
北町奉行所から捕り方が動員され、深夜の往来に連なる荷車を警護しなければならなかった。

桃之進たちは当日の晩から張りこみをはじめ、五日目の深更を迎えつつある。

明日は二十六夜の月待ちなので、人々は明け方の月を眺めるべく夜更《よふ》かしをする。

蔵屋敷を襲うとすれば今夜であろうと、桃之進は予感をはたらかせていた。

嵐のような風が吹いている。

半刻前からは雨も降りだし、風に流されて斜めに降りそそぐ雨が大屋根の瓦に突きささっていた。

屋根は二層だが、駿河町の『常盤屋』よりも遥かに高くみえる。

砂州に聳える小山のようだ。

見上げるだけで股間《こかん》が縮《ちぢ》む。

桃之進は高いところが苦手なのだ。

「こんな日に、襲ってきましょうかね」

憎たらしい顔で不満を漏らすのは、いつも決まって安島だ。

馬淵と三郎兵衛のすがたもある。土岐家の蔵番は三人だけ詰めていた。

が、七人以外に、捕り方の人影はない。

漆原帯刀に事情を説いて出役を請うたが、桃之進が盗人の狙いは『常盤屋』だと告げるや、一笑に付された。

安島が嘆いてみせる。

「上は何もわかっておりませぬ」

「仕方あるまい。信用されておらぬのだ」

謹慎中の青山と配下の同心たちにも声を掛けてみた。

どうせなら、青山に手柄を立てさせようとおもったのだ。

ところが、八丁堀の自邸を訪ねてみると、三日前から行方知れずになっていた。

大番屋に詰める配下の同心たちに聞いてみると、青山は謹慎になってもあきらめきれず、秘《ひそ》かに龍神一味の探索をつづけていたという。

「真相に近づきすぎて、殺められたのかもしれない」

不吉な予感が過《よ》ぎった。

不安に駆られた同心たちも、探索をあきらめざるを得なかった。

おまけに、間者と判明して始末された佐平の女房と娘も、目を離した隙に居なくなってしまった。

青山泰造の妻女によれば、青山は居なくなる直前まで「逆さだ、逆さだ」と繰りかえしていたらしい。

そのことばの意味を、桃之進はさきほどから考えつづけている。

「逆さとは何なのだ」

場所なのか、刻限なのか。もっと別のものをあらわすことばなのか。

「わからぬ」

雨は激しさを増している。

屋根を叩く雨音に、耳朶《じだ》を潰されそうだ。

馬淵は泥撥《は》ねを飛ばし、持ち場に消えていった。

安島は「帰って湯豆腐でも食いてえ」と言い、ふてくされている。

廻り方の三郎兵衛だけは手柄を立てようと、眸子を三角に吊っていた。

「葛籠さま」

「おう、何だ」

「拙者のせいで、面倒事に巻きこんでしまいました。申し訳ありません」

殊勝な態度で謝られても、今さら後戻りはできない。

「詮ないことを吐かすな。勝負はまだ、はじまってもおらぬ」

「たしかに」

「青山どのが言いのこした『逆さ』の意味、おぬしにはわかるか」

駄目元で聞いてみると、三郎兵衛は小首をかしげた。

「じつは、ひとつだけ気づいたことがございます。申しあげるのも恥ずかしいことなのですが」

「言ってみろ」

「は、されば」

若い定町廻りは、もったいぶるように間をあけた。

「世作という名でござる」

「ん、世作がどうかしたのか」

「ひらがなで書いてみると、わかります。よさくをひっくり返すと、くさよになりませんか」

「ああ、そうだな」

「お気づきになりませぬか。草代ですよ」

「あっ」

「いかがです。つまらぬはなしにござりましょう」

そうでもないと、桃之進はおもった。

「よさくとくさよ。なるほど、名が逆さだ」

驚いてみせると、三郎兵衛は自慢げに胸を張る。

そのとき、馬淵が蔵屋敷の陰から合図を送ってきた。

「来たぞ」

安島は裾をからげ、蔵番たちが身を隠す持ち場に走った。

桃之進は三郎兵衛とともに、物陰でじっと様子を窺う。

十間《けん》ほど離れたさきに、三つの人影があらわれた。

## 十三

横殴りの雨が降っている。

蔵屋敷に近づいた盗人どもは、いずれも柿色装束に身を固めていた。

三人のほかにも仲間がいるようで、しきりに桟橋《さんばし》のほうを気にしている。

よくみれば十人乗りの鯨船《くじらぶね》が待機しており、積みこみ役として雇ったのであろう連中が龕灯《がんとう》で合図を送ってきていた。

賊のひとりは見張り役らしく、表口に陣取って周囲に警戒の目を光らせる。

あとのふたりは縄梯子《なわばしご》を巧みに使い、足掛かりとなる脇の軒にとりついた。

どちらかが、頭目の世作であろう。

大屋根に登り、天井から侵入をはかるつもりらしい。

「やはりな」

桃之進はつぶやいた。

事前に馬淵が入手していた絵図面を検討すると、もっとも脆弱《ぜいじゃく》な箇所が屋根の造りにあると見抜いたからだ。それゆえ、長梯子も用意してある。

ただし、高いところが苦手だとは、誰にも言えなかった。

後には退《ひ》けぬ。

ここはひとつ、覚悟を決めねばなるまい。

盗人ふたりが空の闇《やみ》に消えたのを見定め、桃之進と三郎兵衛は蔵屋敷の反対にまわりこんだ。

表口の見張りと船の連中は、馬淵と安島に任せておけばよい。

風雨はむしろ、桃之進たちに幸いしていた。

相手に気づかれる恐れが減ったからだ。

見当をつけていたところに梯子を設《しつら》え、桃之進は果敢に登りはじめた。

がくがく膝が震え、止まるたびに、三郎兵衛が下から尻を押しあげてくる。

押しあげられて仕方なく、のろのろ登りだし、どうにか途中の軒までたどりついた。

「あと半分」

と、みずからに言い聞かせる。

奈落の底を覗くと眩暈《めまい》がした。

「もしや、高いところがお嫌いとか」

三郎兵衛は平気らしく、鳶《とび》のような動きで巧みに梯子を登る。

「余計な詮索をするでない」

桃之進は強気に言いはなち、梯子を伝ってさらに高みをめざした。

冷たい雨に打たれながらも、腋《わき》の下にはぐっしょり冷や汗を掻いている。

あと一段というところまできた。

三郎兵衛が、ぐっと尻を押しあげてくる。

「うっ」

桃之進の頭が、梯子のてっぺんに持ちあがった。

大屋根を覆う瓦は、まるで漆黒の波のようだ。

まんなかに近いあたりに、龕灯が灯っている。

ふたりの盗人は、剝《は》がした瓦を積みあげていた。
少し待つのが得策だろう。
蔵に侵入させてしまえば、袋の鼠にできる。
ところが、手柄を焦る三郎兵衛が尻を押しあげてきた。
どっしり動かずにいると、指で尻の穴を突いてくる。
「ひゃっ」
桃之進は尻の穴をつぼめ、屋根のうえに転がった。
盗人どもに気づかれる。
と同時に、奈落の底で指笛が鳴った。
――ぴっ。
盗人の仲間が合図を送ってきたのだ。
馬淵たちが行動を起こしたにちがいない。
遅れてはならじと、桃之進は身を乗りだす。
――ひゅん。
瓦が鼻先に飛んできた。
盗人が投げつけたのだ。

つるっと、足を滑らせる。

「うわっ」

後ろで三郎兵衛が支えてくれた。

「葛籠さま、先にまいります」

勇んで叫び、鼬《いたち》のように屋根のうえを駆けていく。

三郎兵衛を、これほど頼もしいとおもったことはない。

「行け、鼬」

けしかける。

だが、行く手には盗人のひとりが立ちはだかっていた。

「来やがれ、若造」

三郎兵衛を組み留め、盗人は巴投《ともえな》げの要領で投げとばす。

「ぬおっ」

瓦の上に背中を叩きつけられても、三郎兵衛は相手の袖を放さない。

ふたりは倒れこみ、縺《もつ》れあったまま、屋根の端に転がっていった。

もうひとりの盗人は、じっと桃之進を睨みつけている。

「頭目の世作だな」

と察し、頭に血がのぼってきた。
おもったよりも、華奢《きやしや》なからだつきだ。
しなやかな動きで瓦を拾い、やつぎばやに投げつけてくる。
愛刀の孫六を鞘《さや》ごと抜きはなち、瓦を弾きとばした。
「神妙にいたせ」
桃之進は叫び、低い姿勢で迫る。
強風に裾を払われたが、暗さが高みにいることを忘れさせた。
三郎兵衛はとみれば、倒れたまま賊と激しく揉みあっている。
桃之進は目を戻し、じりっと間合いを詰めた。
妙なことに、闘う気力がさほど湧いてこない。
――よさくをひっくり返すと、くさよになりませんか。
唐突に、三郎兵衛の台詞が耳に蘇《よみがえ》った。
「……ま、まさか。おぬし、草代なのか」
「ひゃははは」
盗人は胸を反らして嗤《わら》い、頭巾をはぐりとる。
長い黒髪が肩に垂れた。

顔は般若《はんにゃ》のようだが、紛れもなく草代だ。

「腐れ役人め、よくぞ見破ったな」

叫びあげ、草代は着ているものまで脱ぎ捨てた。

一糸《いっし》纏わぬすがたに、桃之進は目を吸いよせられる。

「よくみるがいい」

見事な彫り物だ。

臍《へそ》の下から乳房に向かって、二匹の龍が絡《から》みつくように躍っている。

龍の鱗《うろこ》は金色に輝き、震えがくるほど神々《こうごう》しい。

桃之進は、悪夢を振りはらうように首を振った。

眼前の相手は、非道な盗人の頭目なのだ。

たとい女であろうと、手心をくわえてはならぬ。

「やれるものなら、捕まえてみな」

「ああ、そうさせてもらう」

また一歩近づいたとき、揉みあっていたふたりが屋根の端から落ちていった。

「あっ、三郎兵衛」

桃之進の叫びは闇に吸いこまれていく。

草代は嘲笑《あざわら》った。

「これで一対一だ。あんたを始末すれば、逃げのびられる」

「逃げのびて、どうする」

「足を洗うのさ」

「莫迦な、信じられぬな」

「ほんとうは『上州屋』で仕舞いにする約束だった」

「約束だと」

「惚れた男と約束を交わしちまったのさ。金公事に選ばれたら、足を洗うってね」

「なるほど」

桃之進は膝を打ちたくなった。

風柳は草代の身を案じて、わざと金公事に取りあげてもらうべく仕組んだにちがいない。いずれにしても、金公事は盗人の運命《さだめ》を決める賽子《さいころ》に使われたのだ。

「惚れた相手とは、風柳銑十郎のことか」

「そうだよ。こんなわたしのために、あのひとはすべてを擲ってくれた。約束を破ったら罰《ばち》が当たるっておもったけど、そのとおりだった」

「とんだ猿芝居につきあわされたわけだな」

「ふふ、あんた、腰を抜かしかけていたね。芝居はうまくいった。でも、金公事を賭けに使ったのは、大きな誤算だった。芥溜に押しやられた連中が、ここまでやるとは夢にもおもわなかったよ」

「約束を守って『上州屋』で止めておけばよいものを、おぬしは欲を掻いた」

「手違いがあって、たった千両しか盗めなかったからね。それに、『常盤屋』だけは盗《や》りたかった。何しろ、三年掛かりの獲物だからね」

「あきらめの悪いやつは、墓穴を掘る」

「まだ終わっちゃいないさ。この修羅場《しゅらば》を切りぬければ、こんどこそ足を洗うことができそうだ」

「風柳は、今宵の盗《つと》めを知っているのか」

「知っていたとしても、あのひとは来やしないよ。きっとまた、賭けをしているはずさ。わたしが生きのびるかどうかの賭けをね。ふふ、そろりと始末をつけようか。これ以上長話をしていたら、風邪をひいちまう」

草代は裸体を濡《ぬ》らしながら、足許から段平《だんびら》を拾いあげる。

桃之進は、わずかに躊躇《ちゅうちょ》した。

が、すぐにおもいなおす。

舐めたら殺《や》られると感じたからだ。

「ひとつだけ教えてくれ。青山泰造と佐平の女房子どもはどうした。まさか、殺めてはおらぬだろうな」

「さあね。でも、教えといてあげる。この世で一番嫌いなものは十手持ちだ。それから、裏切り者には死んでもらう。やるときはやるってのが、わたしの信条なのさ」

草代は段平を抜き、音もなく身を寄せてきた。

右八相《はっそう》に構え、無造作《むぞうさ》に振りおろしてくる。

——ぶん。

刃音が唸り、雨粒が弾けた。

桃之進には通用しない。

鬢《びん》の脇で躱すや、孫六を鞘走らせる。

「ぬりゃっ」

抜き際の一刀は、草代の腹を真一文字に裂いた。

「くっ」

腹に彫られた龍が血を流す。

草代は、がくっと両膝をついた。

すかさず後ろにまわりこみ、細い腕を捻《ひね》りあげる。

「うっ」

滑《なめ》らかな白い膚《はだ》は、真っ赤な血で染まった。

「案ずるな。皮一枚、裂いたにすぎぬ」

「……ち、ちくしょう。あんたを、みくびりすぎていたようだ」

「少し黙っておれ。傷の手当てをしておこう」

「それにはおよばない。あのひとに会ったら伝えておくれ。さきに逝《い》って待っているからってね」

草代は艶《なま》めかしく微笑み、むぎゅっと舌を嚙《か》みきった。

「あっ」

桃之進は急いで、草代の口に手を入れる。

夥《おびただ》しい血が溢《あふ》れ、喉が塞がった。

手の施《ほどこ》しようもない。

草代は死んだ。

一瞬の出来事であった。

「葛籠さま」

地獄から、亡者が呼びかけてくる。

蒼白な顔を向けると、三郎兵衛が屋根の縁《ふち》から顔を出した。

「……い、生きておったのか」

「落ちる途中で、軒に引っかかりました」

「盗人は」

「そのまま、地べたに落ちていきました。生きておるとしても、無事では済みますまい」

三郎兵衛は白い息を吐き、這《は》うように近づいてくる。

桃之進の腕に抱かれた草代をみつめ、ことばを失った。

「みろ、これが天下を騒がせた盗人の正体だ」

「……ま、まいったな」

困惑する三郎兵衛の脇には、狭い穴が開いている。

「ここから侵入をはかろうとしたのか」

龕灯を照らしてみると、蔵のなかがみえた。

千両箱がいくつも積みあげられている。

「ひとつくらい貰っても、気づかれませんよ」

三郎兵衛の冗談が虚《むな》しく聞こえた。

手柄をあげたはずなのに、嬉しくもなければ誇らしくもない。

盗人の頭目が女だとわかっていたら、執念深く追いつめることもなかったであろうと、桃之進はおもった。

## 十四

世間を騒がせた龍神一味の頭目は死んだ。

ただし、頭目が女であった事実は伏せられた。

女ひとりに翻弄《ほんろう》されたと知れれば、公儀の面目は丸潰れになると、上の連中が考えたからだ。蔵屋敷を狙われた土岐家の要望も容《い》れ、桃之進たちのめざましい活躍は表沙汰にされなかった。

それでも、奉行所内では金公事方の活躍を知らぬ者はいない。奉行の曲淵甲斐守から内々に褒美《ほうび》が下されるという噂までひろまると、桃之進たちをやっかむ者も出てきた。

褒美が下されることもなく数日が過ぎたころ、捕縛されていた龍神一味の手下どもが秘かに斬首された。

屋根から落ちたのは化け茄子の伊介で、伊介は『上州屋』の手代に化けていた。もうひとりの見張り役は飛脚の留八で、馬淵や安島に囲まれて自慢の逃げ足を発揮できなかった。桟橋に船を着けていた連中も船ごと捕縛され、遠島《えんとう》などの重い沙汰を申しわたされた。

何よりも嬉しいことには、伊介の証言から一味が身を寄せていたねぐらのひとつが明かされ、そこに軟禁されていた与力の青山泰造と佐平の妻子が救いだされた。

青山は疲弊しきっていたが、龍神一味が捕縛されたと知り、涙を流さんばかりに喜んだ。そして、盗人探索への飽くなき執念が高く評価され、近々に謹慎が解かれる運びとなった。

桃之進はめずらしく、安島や三郎兵衛を誘って酒盛りをやった。下戸《げこ》の馬淵までが酒を呑み、夜半までみなで莫迦騒ぎをやらかしたのだ。

騒ぎ疲れてひとりで帰る道すがら、誰かに声を掛けられた。

振りむけば、四つ辻の暗がりにぽつんと灯りが点いている。

誘っているのは、いつぞやの怪しげな顔相観だった。

「もし、お顔に凶の字が張りついておられますぞ」

桃之進は大股で歩みより、顔相観に顔を近づけた。

「うっぷ、酒臭《くそ》うござるな」

「うるさい。騙《かた》りめ、この顔のどこに凶の字がある。おぬしは、わしが手柄をあげると吐かしたな。見事に外れたぞ」

「ぬふふ、手柄をあげても報われぬ。あなたさまはどうやら、不幸な星を抱いて生まれたお方のようじゃ」

顔相観は白い瞳を向け、嗄れた声で語りはじめた。

「哀れな娘が上州の在にござりましてな、食うのもやっとな生《お》いたちで、十で女衒《ぜげん》に売られました。女衒は峠道《とうげみち》で追いはぎに殺され、娘は道端に捨てられた。これを拾ったのが、背中に倶利迦羅紋々の刺青《いれずみ》を彫った盗人にござりました。不幸な星を抱いた娘は盗みの手管《てくだ》を仕込まれ、やがて、金持ちどもに仕返しをしたいと、強く願うようになった。盗人の父親が死ぬと、娘はその死を隠して盗人一味の頭目になりすまし、関八州を股に掛けて大店を荒らしまわるようになったのでござります。もちろん、盗人になりたいと願ったわけではない。すべては成りゆきにござります。理不尽な世の中への恨み辛みが、娘の心の支えだった。恨みを晴らしたい一心で、蔵荒らしを繰りかえしたのでござります」

老いた顔相観はあきらかに、草代の身の上を語っている。

桃之進は右腕を伸ばし、顔相観の襟首を摑んだ。

「おぬしは何者だ」

「手をお離しくだされ。手前は船宿の亭主をしておりました。柳橋の『花瀬』にござりますよ。借金のカタに取られかけた船宿を、あの娘が買いとってくれたのでござります」

そのとき、身の上話を聞いたのだという。

「娘のはなしに胸を打たれ、もう一度生きてみようとおもいました。ぐふふ、驚かれたか。これが博打《ばくち》で身を持ちくずした莫迦な男の成れの果てにござるよ。されどな、こうして辻の暗がりに蹲っておると、かえって世の中のみえぬものがみえてくるものでござります」

「何がみえると申すのだ」

「まことの悪がみえ申す」

「まことの悪だと」

「はい。人の心の奥に潜む、まことの悪にござりますよ。善と悪は紙一重《かみひとえ》、誰しもが龍神一味になる資質を備えている。捕まえる側が明日になれば、逆しまに捕まえられる側になるやもしれませぬ。あなたさまは後悔しているはずだ。何故、草代を死なせてしまったのだろうかと。それはあなたの心にも、草代に寄せるおもいがあるからに相違ない。ふふ、わたしには、あなたさまの行く末が、はっきりみえておりますぞ。命が危うい。もはや、風前の灯火《ともしび》にござります」

「ふん、聞く耳は持たぬわ」

桃之進は袖をひるがえし、急ぎ足で四つ辻から遠ざかる。

迷いこんだ露地裏には、かぼそい月の光が射していた。

行く手に広がる闇の奥に、何者かが待ちかまえている。

死に神か。

いや、そうではない。

待ちかまえる者が誰なのか、桃之進にはわかっていた。

間合いを慎重に計りながら、ゆっくり足を運んでいく。

「以前のわしではないぞ」

と、呪文《じゅもん》のように繰りかえした。

この半月余り、からだをいじめ抜いてきた。

おそらく、素振りは三万回を超えたにちがいない。

早飛脚のごとく、東海道《とうかいどう》を二往復ぶんは走ったであろう。

筋骨はぎゅっと引きしまり、面相からして精悍《せいかん》さを感じさせる。

喩《たと》えてみれば、天狗《てんぐ》にでもなった気分だった。

「今なら跳べる」

奥義の『千鳥』を繰りだすことができる。

そうした、大それた自信も生まれていた。

桃之進は足を止め、月影を背に負った相手に喋りかける。

「風柳銑十郎か」

「ふっ、ようわかったな」

「仇討《かたきう》ちに来るとおもうておったさ」

「仇討ちではない。狩野結どのに焚《た》きつけられたのだ」

「何だと」

「弱そうにみえて、じつは強い。のうらく者と綽名される惚《とぼ》けた与力が、幕臣随一《ずいいち》の剣客だと聞いてな」

「それで」

「一手ご教授願おう」

風柳は八の字に足をひらき、ずらっと腰の刀を抜いた。

二尺三寸の直刀が、丁字の刃文《はもん》を煌《きら》めかせる。

あきらかに、白刃は人の血を吸っていた。

「おぬし、七つ屋の藤次を斬ったな」

問いかけても返答はない。

殺気が旋風となって、強烈に吹きつけてくる。

「風柳よ。多くは聞かぬ。ひとつだけ教えてくれ。何故、身分を捨ててまで、盗人なんぞに加担したのだ」

「恨みさ」

「恨み」

「ああ。わしは上役の鬼頭半右衛門に深い恨みを抱いておった。されど、私怨《しえん》で刀を抜くことは侍の恥。それゆえ、耐えしのぶしかなかった。草代はな、わしの恨みを晴らしてくれたのだ。返り血を浴びた顔であらわれ、草代は『抱いてほしい』と、わしに言った。草代のからだには、温かい血が通っておった。その晩から、わしは草代のために生きていこうと決めたのだ」

「身分や禄米よりも、女を取ったのか。魔がさしたとしかおもえぬな」

「悔いてはおらぬ。唯一、悔いておるのは、金公事に訴えたことだ。葛籠桃之進の正体を知っておれば、莫迦な賭けはせなんだものを」

「盗人に明日はない。金公事に訴えなかったとしても、天はけっしておぬしらの味方をせなんだはず」

「そうかもな」

この男とは、ちがうかたちで出会いたかったと、桃之進はおもった。

が、今さら望んだところで、時を戻すことはできない。

この勝負、逃げるわけにはいかぬ。

桃之進は躊躇《ためらい》を断ちきり、孫六兼元を抜きはなった。

三本杉の刃文が煌めくや、風柳は眩しそうな目をしてみせる。

「無外流には『千鳥』なる奥義があると聞いた。されど、おぬしは飛べぬ鳥。すまぬがわしの相手ではない」

「どうかな」

「おぬしを斬れば、結どのが悲しむ。心残りがあるとすれば、そのことよ」

動揺を誘っているのか、それとも、怒りを焚きつけようとしているのか。

いずれにしろ、勝負はすでにはじまっている。

結に『千鳥』を指南せずに、あの世へ逝くわけにはいかぬ。

絹にも申し訳ない。秘めたおもいを告げてくれたではないか。

この世に未練を残して、死ぬわけにはいかぬのだ。

風柳は下段青眼《せいがん》に構え、長々と息を吐きだした。

静かに気を練り、臍下丹田《せいかたんでん》に力を溜めこんでいる。

手強《てごわ》い相手だなと、桃之進はおもわざるを得ない。

風柳の修得した直心影流には「頭を捨てる」激しい稽古がある。柱に頭を何度も叩きつけ、石のように固くし、相手の懐中に飛びこむ恐怖を消すのだという。

気の塊《かたまり》が丹田に満たされたとき、風柳は静から動へ俊敏な動きをしてみせるであろう。猪のように頭から突っこんでくる捨て身の猛々《たけだけ》しさが、直心影流の真骨頂にほかならない。

後手にまわれば不利だと知りつつも、桃之進は待ちの姿勢をくずさなかった。

結の言った「小手打ちに妙味がある」という台詞をおもいだしたのだ。

「つおっ」

短い気合いを発し、風柳が這うように迫ってきた。

生死の間境《まざかい》を越えるや、初太刀《しょだち》で逆袈裟を浴びせてくる。

「ふん」

桃之進はこれを受け、弾こうとした。

白刃が吸いついてくる。

「うぬっ」

押しこまれ、一歩後退した。

——ぎりっ。

鍔《つば》迫《ぜ》り合いになる。

相手の顔が鬼に変わった。

「ぬおっ」

咄嗟に前蹴りを繰りだすや、風柳はふわりと身を離す。

追い討ちをかけようとして、桃之進は踏みとどまった。

「引き小手を恐れておるのか」

にやりと、風柳は口端を吊る。

心の動揺を見抜かれたら、勝負は決まったも同然だ。

「葛籠よ、跳んでみせよ。ふふ、できるものならな」

小莫迦にされ、闘志に火が点いた。

「望むところ」

やってやる。

今のわしにはできる。

桃之進はじりっと後退し、間合いを取った。

「まいる」

すたたたと走り、えいとばかりに土を蹴る。

「低い」

風柳が吐きすてた。

猛然と、白刃を突きあげてくる。

「うらっ」

百舌鳥《もず》の早贄《はやにえ》のごとく、腹を串刺しにされた。

と、おもった瞬間、ぐにゃっと相手の刀が曲がる。

「なにっ」

風柳は呆気にとられた。

桃之進の刀が唸りをあげる。

「ぬりゃ……っ」

五分月代をふたつに裂いた。
「……ふ、不覚」
曲がった刀を握ったまま、風柳は仰向《あおむ》けに倒れていく。
——どしゃっ。
夥しい血が四散した。
桃之進の着物の前がはだけ、瓦が一枚転がりおちてくる。
土岐家の蔵屋敷からくすねた瓦を、腹に縛っておいたのだ。
卑怯《ひきよう》だと言いたければ言うがいい。
最初から、望む高さに跳べるとはおもっていない。
ほどほどの高さに跳び、相手の突きを誘った。
臑を狙われていたら、危ういところであった。
そこは賭けだ。
桃之進は、賭けに勝った。
真剣の斬りあいに、尋常な勝負などない。
生きのこりたいおもいの強いほうが勝つ。
風柳はおそらく、死にたがっていた。一刻も早く草代のもとへ逝きたいと願い、死に場所を求めて市中をさまよっていたのかもしれない。
「引導を渡させおって」
桃之進は血振りを済ませ、孫六を納刀した。
眠ったような眉月《まゆづき》が、黒雲に隠されてしまう。
気づいてみれば暦《こよみ》は葉月《はづき》、堀川の土手では薄《すすき》が風に揺れている。
去りがたいおもいを振りはらい、桃之進は露地裏をあとにした。
――うおおん。
悲しげな山狗《やまいぬ》の遠吠えは、道を外れた侍の死を悼《いた》んでいるようにも聞こえる。
「顔相観め、また外したな」
なるほど、生きのびることはできた。
が、何やら、どうしようもなく虚しい。
これが手柄の代償だとしたら、やりきれない気分だ。
――善と悪は紙一重、誰しもが龍神一味になる資質を備えている。
耳に張りついているのは、顔相観の言った台詞だった。
まったく、そのとおりかもしれぬ。
桃之進は襟を寄せ、隧道《ずいどう》のような狭い道をとぼとぼ歩きはじめた。

# 崖っぷちにて候《そうろう》

一

葉月《はづき》十日。

奉行所に出仕して早々、年番方《ねんばんかた》筆頭与力の漆原帯刀から呼びだしを受けたとき、桃之進はてっきり褒美《ほうび》を貰《もら》えるものとおもった。

表沙汰《おもてざた》にされていないとはいえ、龍神一味の件では金公事方《かねくじかた》の面々が大手柄をあげてみせたからだ。安島左内と馬淵斧次郎も期待に胸を膨《ふく》らませ、いつになく快活な調子で「いってらっしゃいませ」と「蔵」から送りだしてくれた。

控え部屋を訪ねてみれば、漆原は気味が悪いほどの笑顔を浮かべている。

こちらも満面の笑みで応じてやると、漆原は態度を一変させた。

「まあ、座れ」

沈んだ声で促《うなが》され、下座に腰を落ちつける。

「あらためて申し伝えたいことがある」

漆原はしかつめらしく言いおき、充血した眸子《まなこ》を向けた。

いよいよかと、桃之進は待ちかまえる。

北町奉行所に移って以来、誰かに褒《ほ》められた記憶がない。

ましてや、金一封を頂戴《ちょうだい》することなどあるはずもなかった。

安島たちは喜ぶだろうし、家の連中にも胸を張ることができる。

桃之進は我知らず、前のめりになっていた。

一方の漆原は間をもてあそぶかのように、はなしを切りだそうとしない。

「漆原さま、どうかなされましたか」

痺《しび》れを切らして促すと、ようやく重そうに口をひらいた。

「じつはな、金公事方を廃することと相成った」

「えっ」

耳を疑う。

それどころか、あまりの衝撃に頭から畳《たたみ》に突っこんでしまった。

ずりずりと、額《ひたい》を畳に擦《こす》りつける。

「葛籠、大丈夫か」

「……は、はあ」

額が擦《す》りむけて血が滲《にじ》んでも、痛みなど感じない。

全身から力が抜け、水母《くらげ》のようになっていくのがわかる。

漆原はきまりわるそうに目を逸《そ》らし、早口で喋《しゃべ》りつづけた。

「おぬしとて存じておろう。今やお城の勝手は火の車、市井《しせい》を眺めわたしても米価諸《しょ》色《しき》の高騰《こうとう》は目を覆《おお》わんばかりじゃ。賄賂《わいろ》の多寡《たか》がものをいう御政道《ごせいどう》と一刻も早くおさらばせねば、幕政は立ちゆかなくなってしまう。米ひと粒も、おろそかにはできぬのだ。節約こそが幕臣の使命ゆえ、政事《まつりごと》を司《つかさど》る町奉行所はみずから範をしめさねばならぬ」

「それゆえ、手はじめに金公事方を」

「さよう、廃止にいたす」

桃之進は起きあがり小法師《こぼし》の要領で身を起こし、くいっと顎《あご》を突きだした。

「それは、漆原さまがお決めになったのでござるか」

「御奉行のご了承も得た。わしがやらずとも、早晩、誰かがやっていたであろう。わしを恨《うら》むのはお門違《かどちが》いぞ」

「われわれは、どうなります」

「どういたすか、まだ決めかねておる。悪くすれば、のうらく者のおぬしは更迭《こうてつ》、使えぬふたりの配下も右に同じになるであろう」

「げっ、げげっ」

「とりあえず、うぬら三名は自邸にて謹慎せよ」

「……き、謹慎」

謹慎のあとには、御役御免を通達されるにちがいない。

奉行所から放逐《ほうちく》されれば、禄米《ろくまい》は貰えず、妻子を養うこともできなくなる。

「葛籠よ、不服か」

「不服も不服、大不服にござります。罪を犯したおぼえもないのに謹慎だなどと。家の者にしめしがつきませぬ」

「詮方《せんかた》あるまい。何もせぬことが罪なのだ」

公儀は禄米を削《けず》るべく、幕臣の数を大幅に減らそうとしている。と、噂《うわさ》には聞いていた。町奉行所にも、与力同心の数を減らせとの命《めい》が下っているのだろう。

漆原は威厳を整えた。

「これも身から出た錆《さび》、日頃ののうらくぶりを呪《のろ》うがいい」

確かにもっともな言い分だが、はいそうですかと割りきることができるほど、桃之進は人間ができていない。

「漆原さま、冗談だと仰《おお》せになってください。しばし悪夢をみさせてやったのだと、どうか、お笑いくださいまし」

「笑えぬわ。葛籠よ、潔《いさぎよ》くあきらめろ。ついに、この日が来たということだ。世情は刻々と動いておる。正直、おぬしなんぞに付きあっている暇《ひま》はない。わしとて、明日はどうなるかわからぬ身じゃ。さればな」

「お待ちを」

追いすがる暇も与えず、漆原は部屋から出ていった。

いざとなると、人は保身に走りたがる。他人のために身を犠牲にする殊勝者など、少なくともこの奉行所にはひとりもいない。

うなだれて控え部屋を後にし、どうやって「蔵」へ戻ったのかもわからなかった。

冷たい扉を開けば、安島と馬淵が首を長くして待っている。

ふたりの期待が重圧に代わり、吐き気がしてきた。

「葛籠さま、報奨金は頂戴できましたか」

安島に問われ、桃之進は首を横に振った。

「報奨金はない」

「ご冗談を。ひとりじめは許しませぬぞ」

安島は戯《おど》けたように言い、狸顔《たぬきがお》を近づけてくる。

桃之進は身を反《そ》らし、声を掠《かす》れさせた。

「残念ながら、まことのはなしだ」

「されば、漆原さまは、どうしてお呼びに」

「じつはな、われら三人、謹慎の命を下された」

「謹慎でござるか。何故《なにゆえ》に」

「金公事方を廃するそうだ」

「ぬげっ」

驚いた安島の後ろで、馬淵は顔色を失う。

金公事方がなくなってしまえば、自分たちの居場所もなくなってしまう。

勘のよいふたりは、そう察したのだ。

「自分の面倒は自分でみろということさ。いざとなれば、浪人になることも覚悟しておかねばなるまい」

「お待ちくだされ」

安島は激昂《げっこう》する。

「拙者《せっしゃ》には老いた母親と妻子がござる。傘張《かさは》りの内職で食わしていけるはずがありませぬ。それに、御役御免になった途端、悪人どもから意趣返しを食わぬともかぎりませぬ。こうみえて、拙者を恨む者は大勢おりますからな」

何を言われても、桃之進にはどうすることもできない。

あきらめの早い馬淵は、黙々と後片付けをやりはじめている。

あれほど嫌悪していた黴臭《かびくさ》さでさえ、愛《いと》おしいものに感じられた。

ここを去らねばならぬ切なさが身に沁《し》みる。

桃之進は泣きたくなった。

二

謹慎の命を受けたなどと、家の者に告げることはできない。

数日のあいだ、桃之進は情けないことに北町奉行所へ出仕するふりをしつづけた。

失いかけた誇りの欠片《かけら》にしがみつき、大川《おおかわ》の土手道や寺社の境内《けいだい》を当て処《ど》もなく歩きながら、逆転の妙手はないものかと考えをめぐらせている。

もちろん、救いの一手などそう簡単には浮かんでこない。

いたずらに焦りだけが募り、食べ物もろくに喉《のど》を通らないありさまだった。

桃之進のように公儀から必要とされぬ者もいれば、一方では三顧《さんこ》の礼をもって出仕を請《こ》われる者もいる。八丁堀に住む町医者の小久保良庵《こくぼりょうあん》が千代田城へ招じられると聞き、桃之進は驚きを禁じ得なかった。

「おめでたいことにござります。良庵先生ほど善良なお医者さまは、なかなかみつけられませぬゆえ」

勝代や絹も認めるとおり、良庵は誰からも慕《した》われる医者だ。

貧乏人からは薬礼を取らず、どのような身分の者であろうと分けへだてなく治療を施《ほどこ》す。四十の手前だというのに、医術や薬に関する知識は深く、脈診だけで病の原因《もと》を的確に言いあててみせる。蘭学《らんがく》を学ぶことにも熱心で、十二年前の安永《あんえい》三年に杉田《すぎた》玄白《げんぱく》らの著した『解体新書《かいたいしんしょ》』を隅から隅まで諳《そら》んじていた。

看立所《みたてしょ》は近所の堀川沿いにあるので、梅之進や香苗も幼いころから世話になっている。夜半に駆けつけても嫌な顔ひとつみせずに診《み》てくれた。まさに、仁術の「仁」の一字を体現しているのが良庵にほかならない。

棒手振《ぼてふ》りが夕鯵《ゆうあじ》を売りにくるころ、桃之進は看立所へ足を延ばしてみた。

大勢で酒盛りをしている様子なので覗《のぞ》いてみると、知った顔が集まって祝いの会を開いている。黒羽織の与力や同心もいれば、大店《おおだな》の商人や火消しの連中、貧乏長屋の嬶《かか》ぁや洟垂《はなた》れまで集まっていた。

「無礼講じゃ」

赭《あか》ら顔で叫んでいるのは、良庵に屋敷の軒先《のきさき》を貸している高瀬忠五郎《たかせちゅうごろう》という気さくな男だ。南町奉行所で町会所廻《まちかいしょまわ》りの与力をつとめており、桃之進とも面識がある。

「やあ、これはのうらく殿、良庵の門出を祝いに駆けつけてくだすったか」

目敏《めざと》くみつけられ、袖《そで》を引かれた。

酒臭《くさ》い息を吹きかけられ、呑《の》みかけのぐい呑みを持たされる。

「ささ、遠慮なさらずに祝杯をあげなされ」

促されるがままに、注《つ》がれた酒を一気に呷《あお》る。

呷っているあいだに、高瀬は別の者のところへ注ぎにいった。

まわりは酔い蟹《がに》ばかりで、只酒《ただざけ》を啖《くら》いにきた不埒《ふらち》な輩《やから》も混じっている。

ところが、肝心《かんじん》の主役はいない。

桃之進は酔い蟹どもを搔《か》き分け、看立所の奥へ踏みこんだ。

「おっ、いた」

主役の良庵は、隅のほうで小さくなっている。

「あいかわらず、遠慮深い男だな」

桃之進は手許《てもと》にあった銚釐《ちろり》を摘《つま》み、隅のほうへ身を寄せた。

良庵はこちらをみつけ、はにかんだように微笑《ほほえ》む。

隣《となり》には惚《ぼ》けの進んだ母親が置物のように座っており、すぐそばでは手伝いで通っているおしゅんという小女《こおんな》が酔い蟹どもを適当にあしらっていた。

二十歳《はたち》を過ぎたばかりのおしゅんは、提灯《ちょうちん》掛け横丁に見世《みせ》を出す団子屋の娘で、ふっくらして愛嬌《あいきょう》のある顔つきと気立てのよさで人気を博していた。良庵を好いているのは誰もが知っていることだが、当の本人だけは気づいていない。

桃之進でさえ、日頃から焦《じ》れったいと感じていた。できることなら、ふたりが夫婦《みようと》になるのを望んでいたが、奥医師として千代田城に出仕することになれば、それも叶《かな》わぬ夢で終わる。身分の差は歴然となり、良庵は手の届かぬところへ行ってしまう。

おしゅんの横顔に一抹《いちまつ》の淋《さび》しさが宿っているのは、おそらく、祝いの会が別れの予感を孕《はら》んでいるせいだろう。

「良庵先生、一杯注がせてもらえぬか」

銚釐をかたむけると、良庵は盃《さかずき》を差しだしながら頭を深々とさげた。

「葛籠さま、わざわざお越しいただき、かたじけのう存じます」

「堅苦しいことを吐《ぬ》かすでない。もそっと嬉《うれ》しそうにしたほうがよいぞ。江戸広しといえども、千代田のお城に招じられる町医者は数えるほどしかおらぬのだからな」

「はあ」

「これも日頃の精進《しょうじん》の賜《たまもの》、天からの褒美とおもえばよい」

「そんなことはありませぬ。高瀬さまのご推挙で、深越弾正《ふかごしだんじょう》さまという一橋《ひとつばし》家のご重臣に癪《しゃく》のお薬を処方いたしました。それがご縁で、たまさかお声が掛かったのでございます」

「ふうん、一橋家のご重臣にな。まあ、どっちにしろ、確かな力量を持つ良庵先生でなければ、高瀬どのも推挙せなんだはず。こたびのことは、みずからの手で摑《つか》みとった栄誉にほかならぬ。誰に遠慮することもない。堂々と胸を張ってお城にあがり、偉そうな御典医《ごてんい》どもに、町医者の底力をみせつけてやれ」

「はい」

良庵はしょぼくれた顔で返事をする。

「どうした。何をそう落ちこんでおる」

「不安でなりませぬ。奥医師ともなれば、公方《くぼう》さまのお脈も取らねばなりませぬ。さような大役、わたしなんぞに勤まるのかどうか」

桃之進は溜息《ためいき》を放ち、良庵の手を取ってみずからの手首を握らせた。

「ほれ、どくどくと血が流れておろう」

「はあ」

「上様とて同じこと、同じように赤い血が流れておる。安心いたせ。鹿や猪《いのしし》の脈を取るのではないのだ」

喩《たと》えが笑いの勘どころを突いたのか、良庵は「ぷっ」と噴《ふ》きだした。

「ぶはは、公方さまを鹿や猪と比べなされるとは、さすが恐れを知らぬ葛籠さまにござります」

「よし、笑ったな。その顔をみれば、もう安心だ。わしは奉行所内で、不謹慎なのうらく者で通っておる。いつ何時御役御免を申しわたされても不思議ではない。そんなわしからみれば、おぬしは羨《うらや》ましい。与えられた幸運をしっかり摑むのだ。長屋の連中も期待しておる。おぬしは誰からも好かれる性分《しょうぶん》ゆえ、嫉《そね》む者などおらぬ。ここに集《つど》った連中にとって、小久保良庵は希望の星なのだ」

「希望の星」

「ああ、そうだ。眠っておるようにみえる母上も、内心では飛びあがらんばかりに喜び、おぬしの活躍を祈っておられるはずだ。みなの気持ちを力に変えて、存分に立ちまわればよい。城には意地悪な坊主たちもおろう。嫌なことがあったら、ここにおる連中の顔をおもいだせ。そして、力に変えるのだ。さあ、呑め」

「はい」

良庵の顔は今や、眩《まぶ》しいほどに輝いてきた。

桃之進は自分の発したことばに酔っている。

「さあ、はじまるぞ」

看立所の外で高瀬が叫んだ。

目を向ければ、刺《さ》し子半纏《こばんてん》を纏《まと》った鯔背《いなせ》な鳶《とび》たちが勢揃《せいぞろ》いしている。

「よおおん、やりょおお」

「ええ、よおお」

真鶴《まなづる》と呼ぶ木遣《きや》りの唄いだしが、朗々と露地裏に響きわたった。

酔い蟹どもは去りがたく、いつまでも居残って月を肴《さかな》に安酒を呑み、笑い声の絶えぬ宴《うたげ》は果てることもなくつづいていった。

三

数日後。

桃之進は冬場でもないのに、平川町《ひらかわ》へ獣肉《ももんじい》を食べにやってきた。

失意の安島左内に誘われたのだ。

ふたりの面前では鉄鍋が湯気を立て、肥《ふと》った安島は汗だくになって肉と格闘している。

「固《かて》え肉め、こんちくしょう」

「おいおい、肉に当たってどうする」

「悪うござりましたな。されど、何故、金公事方だけが辛《つら》い目に遭《あ》わねばならぬのでしょうか」

「きまっておろう。最初《はな》からなくてもよい役目だからさ」

「納得できませぬ」

安島は酔った赭ら顔を向け、箸《はし》で肉を摘んで振りまわす。

桃之進は飛びちる肉汁を避《よ》け、苦い酒を呷った。

「日頃からそれだけの覇気があれば、こうはならなんだかもな」

「おや、拙者のせいだと仰《おつしや》るので」

「そうは言わぬ。ただ、おぬしもわしも、ちと怠《なま》けすぎた。怠慢《たいまん》の報いがきたとおもえば、あきらめもつこうというもの」

「冗談じゃない」

安島は激昂し、汚いことばで上役を罵《ののし》る。

「漆原のやつめ、わしらの首を切って、自分だけは生きのびるつもりだな。くそったれめ、そうはさせぬ」

「どうする気だ。意趣返しでもするのか」

「ふっ、ご想像におまかせいたしますよ」

「つまらぬことを考えるな。痩《や》せても枯れても、侍であろう」

「お役を解《と》かれるくらいなら、いっそ侍などやめてしまいたい。かみさんに、これこれしかじかとはなしたところ、三行半《みくだりはん》を書いてほしいと真顔で言われました。葛籠さまと同様、商家出のおなごゆえ、あやつには帰るところがござります。可愛《かわい》い子どもたちも連れていくと告げられ、涙が出てまいりました。くうっ、拙者は天涯孤独の身で死ぬしかないのでござる」

「大袈裟《おおげさ》なやつだな。まだ御役御免の沙汰が下されたわけではないのだぞ」

「どこまでも甘いお方でござるな。それだから、のうらく者などと陰口をたたかれるのですぞ」

「何だと、この」

さすがに言いすぎたとおもったのか、安島は押し黙った。

そして、獣肉を咀嚼《そしやく》しながら、おんおん泣きだす。

狸顔で泣かれても、同情など湧《わ》くはずがない。

埒が明かぬので、鍋の肉がなくなると早々に見世を出た。

露地から麴町《こうじ》の大路《おおじ》へ出ると、半蔵門《はんぞうもん》のほうから駕籠《かご》が一挺《ちょう》やってくる。

提灯持ちやら挟み箱持ちがおり、刀を腰に差した供人も左右に随伴《ずいはん》していた。

大奥の御女中であろうか。

だが、御殿女中の代参《だいさん》ならば、平川口を使って下谷《したや》のほうへ抜けるはずだ。

駕籠の体裁《ていさい》も、あきらかにちがう。

「あれは御典医にございますぞ」

後ろで安島が囁《ささや》いた。

権門《けんもん》駕籠はふたりの面前へ滑りこみ、歩みを止める。

草履《ぞうり》取りが身を寄せ、うやうやしく垂れを捲《まく》りあげた。

駕籠から裏白の足袋《たび》が突きだされ、錦糸《きんし》で縫《ぬ》った襟元《えりもと》を十徳《じっとく》に包んだ人物が降りてくる。

黒い頭巾《ずきん》をつけた大物だ。

年の頃は還暦に近い。

大柄で肌の色艶《いろつや》はよく、腹は太鼓のように迫《せ》りだしている。

石地蔵になって動かずにいると、供人のひとりが叱《しか》りつけてきた。

「そのふたり、早《はよ》う退《ど》け。これにおわすお方を、どなたと心得る。御典医の若宮法《わかみやほう》眼《げん》さまぞ」

「法眼だと」

「振りむいてみよ」

言われたとおりに振りむくと、楼閣のような三階建ての屋敷が聳えていた。

「御屋敷の門前である。退かぬか、無礼者め」

「けっ、高慢ちきな医者坊主め」

抗おうとする安島を押さえ、桃之進は脇へ避けた。

若宮法眼は供人たちを露払いにし、偉そうに胸を反って通りすぎる。

絶壁のような長屋門の向こうに消える法眼の背中を、ふたりはぽかんとした顔で見送った。

長屋門が軋《きし》みをあげ、頑《かたく》なに閉ざされてしまう。

法眼の位を持つ御典医は、千代田城にもそうはいない。

御典医のなかでも、かなりの権力を有する人物なのだろう。

豪壮な屋敷を眺めれば、その程度のことは容易に想像できる。

ふと、桃之進は不吉なおもいにとらわれた。

今ごろ、良庵はどうしているのだろうか。

酒量が過ぎたわりには、妙に頭が冴《さ》えている。

行き交《か》う者とてない大路に佇《たたず》み、半蔵門のほうを遠望すると、深い闇がぽっかり口を開けていた。

四

葉月二十日。

病床にある将軍家治が危ういとの噂は千代田城を駆けめぐり、城の外まで聞こえてくるようになった。

西ノ丸《にしのまる》には、世嗣《せいし》の家斉《いえなり》が控えている。

にわかに色めきだっているのは、御三卿《ごさんきょう》一橋家の主従であった。

同家当主の治済《はるさだ》は、世嗣家斉の実父にほかならない。齢《よわい》三十六の若さにして希代《きたい》の策士と評され、田沼降ろしを画策する黒幕のひとりとも噂されていた。

世間が注目しているのは、商《あきな》い優先の田沼意次に代わる幕政の舵取《かじと》り役が誰になるかということだ。

無論、清廉潔白《せいれん》な人物でなければならない。

白羽《しらは》の矢が立ちそうなのが、白河公こと松平越中守《えっちゅうのかみ》定信であった。

八代将軍吉宗の孫で、毛並みはよい。定信自身が将軍になってもよいほどであったが、そこまでの野心はなく、むしろ天明《てんめい》の飢饉《ききん》から白河藩十万石《ごく》を救った施策の醍醐味《だいごみ》を忘れられず、みずからの手で天下の仕置きを成し遂《と》げたいと望んでいるようだった。

定信が老中首座に抜擢《ばってき》されれば、世嗣家斉が十四と若輩だけに、定信の意向が幕政に反映される公算は大きい。

と、その程度の読みなら一介《いっかい》の与力にもできるが、定信の名を出すのはまだ気の早いはなしだ。死に体とはいえ、田沼意次の治世はつづいている。一橋治済との争いは水面下で熾烈《しれつ》さを増しつつあった。

市井においても「田沼の断末魔が聞こえてくる」と囁かれているものの、意次の後ろ盾《だて》となっている将軍家治がこの世から消えてしまわぬかぎり、つぎに待つ連中の天下は来ない。

そうした背景もあって、今、江戸市中には由々しい噂が流れている。

「葛籠さま、お聞きになられたか」

喋りかけてきたのは、良庵の大家でもある与力の高瀬忠五郎だった。

非番ゆえ、釣りにでも行かぬかと誘われ、釣り竿《ざお》を担いで下谷の三味線《しゃみせん》堀までやってきたのだ。

朝早くから釣り糸を垂《た》らしているものの、釣果《ちょうか》はない。

「大きい声では申せぬが、上様はどうやら毒を盛られたらしい」

「えっ」

「まだ噂の域を出ぬものの、火のないところに煙は立たぬと言うからな」

毒殺を仕掛けた首謀者として、田沼意次の名が挙《あ》がっているという。

桃之進は首を捻《ひね》った。

「それはどう考えてもおかしゅうござろう。上様のお引きたてがあってこその田沼さまではありませぬか」

「上様の勘気を蒙《こうむ》り、遠ざけられていたとのはなしもある。されど、田沼さまが毒を盛るはずはない。わしもそうおもう。むしろ、嵌《は》められたのではないかとの憶測もござってな」

「いったい、誰が田沼さまを嵌めたと」

「きまっておろう。一橋家の殿様よ」

「治済公が」

もちろん、それとても根拠のないはなしだが、高瀬は周囲を気にしながら語りつづけた。

「要するに、田沼意次が次期将軍の後見役として政権の座に居座ることにでもなれば厄介《やっかい》なので、一橋さまが裏で足を引っぱる小細工をほどこした。まあ、そんなところではあるまいか」

高瀬は得意気だ。自分の筋読みに酔っている。

こんなふうに、一介の与力までが禍々《まがまが》しい憶測を飛ばしていた。

嘆《なげ》かわしいと、桃之進はおもう。

公儀の足許が揺らいでいるとしか言いようがない。

「葛籠どの、謎《なぞ》掛《か》けをひとつ」

「はあ、どうぞ」

「毒を盛った下手人と掛けて、今日の釣りと解く」

「その心は」

「どちらも、坊主でしょう」

「毒を盛った坊主とは、医者坊主のことでござるな」

「いかにも」

高瀬は浮子《うき》をみつめながら、不吉な台詞《せりふ》を漏《も》らす。

「上様が毒を盛られたとすれば、まっさきに疑われるのは誰だとおもう。さよう、奥医師だ。昨日あたりから、胸騒ぎがして仕方ない」

「良庵先生のことでござるな」

「そのとおり」

高瀬の不安は、桃之進の不安でもある。

「おっ、糸が引いておりますぞ」

高瀬に騒がれ、慌《あわ》てて竿を寄せるや、大きな鮒《ふな》が跳ねた。

「うっぷ」

鮒は鱗《うろこ》を煌《きら》めかせ、ぶつっと糸を食いちぎる。

虚《むな》しい水飛沫《みずしぶき》があがった。

「くっ、逃げられた。それにしても、凄《すさ》まじい力だな」

「葛籠どの、最後まで生きのびようとする力にござるよ。今の田沼さまも、あの鮒のようなものかもしれぬ。驕《おご》れる者は久しからずさ」

「やりきれませぬな」

西の空を見上げれば、茜《あかね》色の鰯雲《いわしぐも》が泳いでいる。

――ごおん。

申《さる》ノ刻（午後四時頃）を報《しら》せる時の鐘《かね》が、諸行無常の余韻《よいん》を響かせた。

桃之進は立ちあがって腰を伸ばし、竿を仕舞いはじめる。

「今日は釣れぬ。引きあげましょう」

鮒を逃がしたのは、不吉な兆《きざ》しにちがいない。

良庵の死を知ったのは、それから数刻後のことだった。

五

その夜遅く、高瀬忠五郎の貸家へ、筵《むしろ》にくるまった良庵の亡骸《なきがら》が大八車で運ばれてきた。

運んできた小者たちは徒目付《かちめつけ》の手先で、詳しい事情は何も知らない。

高瀬邸の周囲は、近隣の親しい者たちの泣き声で溢《あふ》れた。

ほとけとなった良庵はすでに白い蒲団《ふとん》に移されているものの、悲惨なことに離れた首と胴が乱雑に縫いあわされている。

「斬首されたのだ」

悲しげに漏らしたのは、身なりのきちんとした侍だった。

「拙者は田沼家の家臣、潮田内膳《うしおだないぜん》にござる。わが殿のご意志にしたがい、内々に線香をあげさせてもらいに参じました」

潮田が祈り終わるのを待って、高瀬が声を掛ける。

「潮田さまと申せば、田沼意次さまの御側用人であられましょう。そのように身分の高いお方が足を運ばれるとは、よほどの事情があったと推察せざるを得ませぬ。どうか、お聞かせくださりませぬか」

「この場で詳しい事情はおはなしできぬ。短いおつきあいとは申せ、わが殿は良庵どのに感謝しておりました」

潮田は厚みのある香典袋を差しだし、深々と頭をさげた。

「されば、これにて失礼つかまつる」

冠木門《かぶきもん》の外へ出て、去っていく駕籠を見送った。

「……わ、わしのせいだ。わしが良庵を推挙したばっかりに」

桃之進には、嘆き悲しむ高瀬を慰《なぐさ》めることばもない。

物言わぬ良庵の瞼《まぶた》は腫《は》れて黒ずみ、頬《ほお》は陥没《かんぼつ》していた。はにかむように微笑んだ面影《おもかげ》は、もはや、どこにもない。土気色のからだには随所に鞭《むち》で打たれた痕《あと》があり、皮膚の一部は裂けている。無理にでも口を割らせようと、徒目付の折檻《せっかん》部屋で酷《ひど》い責め苦を受けたにちがいない。

「うっ」

おしゅんが両手で口を押さえ、庭に飛びだしていった。

それを目敏くみつけ、桃之進は縁側に出て様子を窺《うかが》う。

おしゅんは庭の片隅で嘔吐《おうと》したあと、屈《かが》みこんで嗚咽《おえつ》を漏らしはじめた。

あまりに可哀相《かわいそう》で声を掛けられずにいると、重い足を引きずって冠木門から出ていってしまう。

「おい、待て」

呼びかけたが、声が小さすぎて届かない。

桃之進はおしゅんの背中を追いかけた。

堀川の川面《かわも》には、欠けた月が流れている。

おしゅんはふらつく足取りで土手道を歩き、暗がりに紛《まぎ》れるや、ふっと消えてしまう。

土手から足を滑らせたのだ。

「あっ」

叫んだ刹那《せつな》、水飛沫があがった。

堀川の流れは澱《よど》んでいるものの、深さはかなりある。

桃之進は土手を転がり、着物も脱がずに川へ飛びこんだ。

「おしゅん、何をしておる」

「来ないで。死なせてください」

「莫迦《ばか》を言うな」

おしゅんは死ぬつもりで、みずから川に嵌《はま》ったのだ。

桃之進は割れた月を掻きわけ、波紋の中心に迫った。

おしゅんは川のまんなかへ進み、首のあたりまで沈む。

「莫迦者、命を粗末にするでない」

必死に手を伸ばすと、黒髪に触れた。

かまわずに髷《まげ》を摑み、ぐいっと引きよせる。

「やめて、放して」

叫ぶおしゅんの顔は、涙に濡《ぬ》れていた。

「どうして、どうして、死なせてくれないの」

「良庵が望むとおもうのか」

「良庵先生が居なくなったら、わたし、生きていけません」

「もうわかったから、とにかく、水からあがろう」

強引に肩を抱きよせると、おしゅんは素直にしたがった。

冷静さを取りもどしたのだ。

月明かりを浴びた顔が、じっとみつめてくる。

「葛籠さま、お願いがござります」

「何だ」

「良庵先生の仇《かたき》を討ってください」

川の水が、やけにひんやり感じられる。

桃之進は、ことばをみつけあぐねた。

だが、返事をせぬわけにはいかない。

明確にこたえぬかぎり、おしゅんを生かす手はないのだ。

「任せておけ。かならず、良庵の仇は討つ」

「……ほ、ほんとうですか」

「ああ。仇討ちを見届けるまで、死んではならぬぞ。よいか、約束だぞ」

「はい」

こっくりうなずくおしゅんの顔が、菩薩《ぼさつ》のように神々《こうごう》しくみえた。

川面の月は揺れもせず、じっと同じところに止《とど》まっている。

おしゅんに約束はしたものの、仇を討つ自信はない。

だいいち、相手が誰なのかもわかっていないのだ。

この際、嘘《うそ》も方便だと、桃之進は胸に繰《く》りかえした。

六

良庵の濡れ衣《ぎぬ》を晴らすには、病床にある家治公の周囲に誰がいたのかを知っておかねばならない。

だが、一介の与力に城中の様子を知る術《すべ》はなかった。

唯一のとっかかりは、潮田内膳という田沼家の側用人だ。

ほとけに祈りを捧げる後ろすがたが、目に焼きついている。

桃之進は気後《きおく》れを感じている自分を叱咤《しった》し、神田橋御門内の田沼家上屋敷へ足を運んだ。

運良く潮田は在番らしく、親切な番士に取りついでもらう。

「ようこそ、お出掛けくだされた」

潮田はこちらの素姓《すじょう》を知ると、嫌な顔ひとつせずに会ってくれた。

桃之進は客間に案内され、しきりに恐縮してみせる。

田沼屋敷といえば、権勢華やかなりしころは、門前に贈答品を抱えた武士や商人が長蛇《ちょうだ》の列をなしたものだ。

小役人の桃之進にとっては、雲上界か竜宮城《りゅうぐうじょう》のようなもので、足を踏みいれる自分を想像することなどできなかった。もちろん、金銀箔《はく》に彩《いろど》られた襖《ふすま》絵や極彩色《ごくさいしき》の格《ごう》天井《てんじょう》や築山《つきやま》のある庭園などを頭に描いていたので、予想に反した質素な造作《ぞうさく》に、むしろ感動すらおぼえた。

小姓《こしょう》に茶まで運ばせ、潮田は親しげに喋りかけてくる。

「小久保良庵どののことは、まことに残念でなりませぬ。わが殿も心から悔やんでおります」

「ご老中が悔やんでおられると」

「良庵どのに上様へのお薬を処方させたのは、わが殿なのでござる」

水腫を患《わずら》う家治の病状は以前から芳《かんば》しくなかったが、十九日の朝に良庵の調合した薬を服用後、あきらかに病状を悪化させ、床に臥《ふ》したきり、まともに喋ることもできなくなった。

「この数ヶ月、御典医たちは手をこまねいておりました。わが殿はみるにみかねて、江戸市中で評判の高い町医者を城に招き、上様の脈を取らせておったのでござる。どこの馬の骨とも知れぬ町医者に任せるとは怪《け》しからぬと、御典医たちは激しく抵抗いたしました。されど、背に腹は代えられぬ。わが殿は藁《わら》にも縋《すが》るようなおもいで、良庵どのに薬を調合させたのでござる」

めずらしいことに、唯一、御典医のなかで良庵を推挙する者があった。

——若宮玄偉《げんい》。

という名を耳にし、桃之進は顔をしかめた。

「ご存じかな」

「はい、法眼の位を持つ御典医の筆頭であられますな」

「いかにも。良庵どのをわが殿に推挙したのも、じつを申せば、若宮法眼さまでござった。一橋家の次席家老、深越弾正さまからのお口添えもあり、それならばと、わが殿もご推挙申しあげたのでござる」

「一橋家の口添えがあったのですか」

「さよう」

良庵本人の口からも、一橋家の名が出たことをおもいだす。

どうやら、一橋家から田沼家に、このはなしはもたらされたらしい。意次は何ひとつ疑いを持たず、良庵を重用《ちようよう》するに至った。

「なるほど、そうした経緯《いきさつ》がござりましたか」

「拙者には信じられぬ。良庵どのに何度かお会いしたが、毒を盛るような悪人にはみえなかった。仁術に命を捧げておられるお方のように感じられた。それゆえ、上様に毒を盛った疑いで捕縛されたと聞き、頭が混乱してしまったほどでな」

一連の出来事の裏に、策略のようなものを感じざるを得ない。

やはり、良庵は何者かに嵌められたのではあるまいか。

策を講じた者の目途《もくと》は、良庵を推挙した田沼意次を老中の座から失脚させることにほかならない。

桃之進はそのことを指摘し、疑念を単刀直入にぶつけてみた。

潮田は目をきらりと光らせ、身を乗りだしてくる。

「じつは、拙者も同じような懸念を抱いておる」

「そのことを、ご老中には」

「申した。されど、一笑に付されたわ」

「なるほど」

意次は疑念を抱きつつも、度量の大きさをみせたにちがいない。

「いずれにせよ、わが殿も拙者も、良庵どのを微塵《みじん》も疑ってはおらぬ。それゆえ、焼香にも伺ったのだ。八丁堀の随所に徒目付どもの目が光っておったが、なあに、気にすることはない」

強がりを言いつつも、潮田の顔には怯《おび》えがあった。

病床に臥している家治の容態が急変すれば、意次解任の声があがる公算は大きい。そうした不安を抱えているからだろう。

「ところで、葛籠どのは北町奉行所の与力をなさっておいでだったな」

「はい」

「良庵どののことをお調べになるのは、お役目の上からのことでござろうか」

「いいえ、拙者の子たちも幼いころより、良庵先生には世話になりました。人望の厚い御仁で、仇を討ってほしいと懇願《こんがん》する者もおります。拙者といたしましても、指をくわえて見過ごすのは忍びない」

「ほほう、情で動いておられるのか。立派なものだ」

「褒めていただくまでもありませぬ」

「ところで」

潮田は、膝《ひざ》を躙《にじ》りよせてくる。

「いったい、どこまでお調べになるおつもりか」

「さて、それはまだわかりかねます。されど、良庵どのが罠《わな》に嵌められたのだとしたら、是が非でも濡れ衣を晴らしたい。その一念だけは忘れずに、ここに留《とど》めておきたいとおもいます」

桃之進が左胸に触れると、潮田は顔を曇らせた。

「お気持ちはわかるが、ちと難しいぞ」

「と、仰ると」

「上様が御休息の間でお薬を処方されたとき、わが殿も随伴を許されておった。その際、同席していたのは、良庵どののほかに小姓がふたりと、法眼の若宮玄偉さまだけじゃ。わが殿と良庵どのを除けば、お薬を毒薬に差しかえることのできた者は三人しかおらぬ」

家治は薬を服用した直後、呂律《ろれつ》もまわらぬほどの容態になった。

その場に居合わせた玄偉が不審を抱き、ほかの奥医師に命じて薬を調べさせると、鳥兜《とりかぶと》に似た成分がふくまれていることが判明したという。

「良庵どのは疑われ、徒目付に縄を打たれた。事はあまりに重大ゆえ、わが殿の助命嘆願も効力をなさなかった。良庵どのは折檻部屋で厳しい責め苦を受け、罪を認めてしまったのだ」

「ふたりの小姓に怪しい点は」

「ない。日頃から追い腹覚悟の連中らしい」

「となれば、残るはひとり」

怪しいのは、玄偉ということになる。

「証《あかし》をみつけるのは難しかろう。法眼さまは上様のおぼえめでたく、大奥の受けもすこぶるよい。御三家御三卿からも信頼されておるゆえ、毒など盛ったと疑われる要素は欠片もないのだ」

悪事に関わっていそうな男の顔が、桃之進の脳裏《のうり》にはっきりと浮かんでいる。

潮田は深々と溜息を吐《つ》いた。

「葛籠どの、相手が悪い。ここからの調べは難儀だぞ」

だからといって、尻込みをするわけにはいかぬ。

「それでもやると申すなら、微力ながら助勢いたそう。無論、表立っては動けぬが、何かあったら言うてくれ」

潮田のことばは心強く、桃之進を駆りたてる力となった。

七

おしゅんの顔がちらついた。

良庵の濡れ衣を晴らさねばならぬ。

潮田内膳は詳しい経緯を包み隠さずに教えてくれた。

だが、内心では期待しておるまい。

役を外された一介の与力にできることはかぎられている。

ともあれ、暇を託《かこ》つ安島と馬淵にも声を掛け、若宮玄偉の周辺を探らせることにした。

桃之進は今、安島とともに麴町の若宮邸を張りこんでいる。

「落ち目とは申せ、田沼さまのおめがねにかなえば、どこかに口利《くちき》きをしていただけるやもしれませぬな」

「何を期待しておる」

桃之進は叱りつけたい衝動を抑え、楼閣のような建物に目を貼りつけた。

それでも、安島は喋りを止《や》めない。

「お城勤めに空《あ》きがあれば、滑りこませてもらえるのではないかと」

「おぬし、そんなことを考えておるのか」

「いけませぬか。金公事方が廃されれば、すぐさま御役御免を申しつけられるのは必《ひっ》定《じょう》。奉行所を逐《お》われた不浄役人がどれだけみじめか、葛籠さまにはわかっておられぬようだ。とにもかくにも、つぎの仕官先をみつけようと躍起になるのは人の情けというものにござりましょう」

「馬淵も、そう申しておるのか」

「さあ、あやつのことなどわかりませぬ。されど、悪事のからくりを解きあかし、上様に毒を盛った不届き者の首を献上いたせば、田沼さまは欣《きん》喜《き》雀《じゃく》躍《やく》なさるはず。さすれば、この首も繋《つな》がりましょう」

「よこしまな考えは身を滅ぼすもとだぞ」

「されば、お聞きしましょう。葛籠さまは何故《なにゆえ》、かような厄介事に首を突っこまれるのでございますか」

「小久保良庵の濡れ衣を晴らしたい。その一念よ」

「またまた、きれいごとを仰る。少しは身過ぎ世過ぎもお考えなされ。針の筵に座らされておることを、よくよく認識すべきでござろう」

「ふん、生意気な口を利きおって」

「口がわるいのは、生まれつきにござる。今さら治しようもない」

物陰でやりあっていると、空《から》の駕籠が一挺やってきた。

「おっと、お出ましだ」

「そのようで」

様子を窺っていると、潜《くぐ》り戸《ど》から提灯が突きだされる。

供人につづき、黒頭巾をかぶった大柄な人物があらわれた。

「玄偉だ」

「しっ」

桃之進は安島の襟首を摑んで黙らせ、玄偉の乗った駕籠を追いかけはじめる。

駕籠は麴町の大路を突っ走り、四谷《よつや》御門を抜けて、右手に曲がった。

御濠に沿って牛込《うしごめ》御門まで一気に駆けぬけると、勾配《こうばい》のきつい神楽坂《かぐらざか》をのぼっていく。

坂をのぼりきったあたりで横道へ逸れ、甃《いしだたみ》の小道をしばらく進んで止まった。

目を皿にしてみやれば、瀟洒《しょうしゃ》な料亭が建っている。

軒行灯《のきあんどん》に『菊水亭《きくすいてい》』とあった。

「聞いたことがあるぞ」

金満家どもが隠れ家として使う敷居の高い料亭だ。

「誰と会うつもりでしょうな」

出迎えた女将《おかみ》の様子から推《お》すと、すでに相手は先着している。

玄偉は女将と親しげに挨拶《あいさつ》を交わし、見世のなかに消えていった。

安島が小鼻をおっぴろげる。

「色っぽい女将でござりますな」

「目をみたか。潤《うる》んでおったぞ」

「玄偉のほうも、鼻の下を伸ばしておりましたな」

「あのふたり、深い仲かもしれぬ」

「たしかに」

物陰に隠れ、二刻ほど待ちつづけた。

夜更《よふ》けになると、秋風が身に沁みる。

「因果な商売でござりますな」

と、安島が萎《しお》れた顔で漏らした。

もちろん、誰かに命じられているわけではない。

あくまでも、良庵の仇を討つためだと自分に言い聞かせるものの、心の奥底を覗けば淡い期待を抱きはじめている。

安島の言ったとおりかもしれぬ。

この一件を解決できれば、将来に光明を見出《みいだ》すことができる。

あわよくば、田沼意次の目に留まってほしい。

そうした野心がないといえば嘘になる。

このたびの一件にしがみつくことで、おのれの保全をはかりたい。

そんな考えが少しでもあるからこそ、嘘寒い夜空のもとで張りこみをつづけていられるのだ。

客がふたり、軒先へ出てきた。

玄偉に促されて駕籠に乗りこむ人物は、頭巾でしっかり顔を隠している。

纏った絹の着物はみるからに高価なもので、身分の高い侍であることは一目瞭然《いちもくりょうぜん》だった。

　玄偉は駕籠を見送ると、妖艶な女将といっしょに内へ引っこんだ。

「さあ、あの駕籠を尾《つ》けるぞ」

　桃之進と安島は尻《しり》っ端《ぱし》折《ょ》りになり、侍の乗った駕籠を追いはじめる。

　駕籠に随伴するのは、提灯持ちを兼ねた草履取りと、顎のしゃくれた顔のひょろ長い供人ひとりだけだ。

　油断のならぬ足取りからして、剣の力量はかなりのものと推察される。

　権門駕籠は急坂を駆けくだり、牛込御門を抜けて田安《たやす》御門へ向かった。

　たどりついたさきは、一橋家の上屋敷である。

　穴太《あのう》積みに積まれた巨大な石垣の底に、黒い水面《みなも》が光っている。

「どうやら、一橋家の重臣らしいな」

　桃之進は安島とうなずきあい、しばらく門前に佇んだ。

　何となく去りがたく、小半刻《こはんとき》ほど屋敷の周囲をめぐる。

　そして、ようやく表門から離れかけたとき、かたわらにわだかまる闇が蠢《うごめ》いたように感じられた。

# 八

その男は気合いも発せず、ふいに暗闇から斬りかかってきた。
これに応じる暇もなく、安島がずばっと胸を斬られる。
供人か。
「ぐおっ」
咄嗟《とっさ》に抜刀した桃之進の目に映《うつ》ったのは、顎のしゃくれた鬼の顔だ。
「ひょう」
声なき気合いを放ち、遠目から胸を狙って斜めに斬りさげてくる。
ぐんと、切っ先が伸びた。
八相《はっそう》から払いあげるや、激しく火花が散る。
——一尺斬り。
東軍《とうぐん》流の奥義が念頭に浮かぶ。
かつて、御前試合で刀を合わせた同流の強敵があった。
気合いを掛けるのを嫌う東軍流は、音無しの剣とも呼ばれている。

さきほど、安島を襲ったのも「一尺斬り」であろう。

読みどおりなら、つぎは首を狙った「八寸斬り」を仕掛けてくるにちがいない。

「ひょう」

上段に白刃《はくじん》が躍《おど》った。

おもったとおりだ。

鋭く弧を描いた刀が旋風を巻きおこす。

「何の」

桃之進は沈みこみ、胴に水平斬りを浴びせた。

躱《かわ》されると同時に、相手の影が迫ってくる。

「ひょう」

こんどは、頭頂の百会《ひやくえ》を狙った「五寸斬り」だ。

頭上に躍った刃《やいば》が、百会を削《そ》ぎにかかる。

「くっ」

桃之進は寸暇《すんか》の差で弾《はじ》きかえし、後方へ飛び退《の》いた。

相手も反撥《はんぱつ》したように離れ、じっと動かなくなる。

「安島、生きておるか」

声を掛けると、情けない反応が戻ってきた。

「……ど、どうにか」

桃之進は対峙《たいじ》する相手から目を逸らすことができない。

「うぬら、町方《まちかた》か」

顎のしゃくれた供人が、低い声で問うてきた。

安島の小銀杏髷《こいちょう》から判断したのだろう。

「何故、駕籠を尾けたのだ」

「気づいておったのか」

「あたりまえだ。神楽坂の『菊水亭』を出たときから、鼠《ねずみ》の気配は察しておったわ。さあ、申してみよ。何を嗅《か》ぎまわっておる」

「若宮玄偉との関わりさ。おぬしの主人がどうやら、悪事の黒幕らしいな」

鎌を掛けると、供人は一歩後退し、刀を鞘《さや》に納めた。

桃之進も納刀する。

こちらの意図がわかり、追いつめるのをやめたのだ。

「おぬしら、誰の指図で動いておる」

「誰の指図でもないわ」

「笑止な。独断で動いておるのか。近頃の町方はよほど暇を持てあましておるらしいな」

「余計なお世話だ」

「町方ごときの出る幕ではない。奉行所を逐われたくなければ、首を突っこまぬほうがよいぞ」

「おぬしの名は」

「赤井新兵衛《あかいしんべえ》。そっちは」

「葛籠桃之進」

「おぼえておこう。わしの一刀を弾きかえした力量に免じてな」

赤井と名乗る供人は、一橋屋敷の表門へ横歩きで近づくと、脇の潜り戸から内へ消えていった。

桃之進は急いで、安島のもとへ駆けよる。

流れた血の量が多いわりに、傷は浅い。

分厚い脂肪が刃を阻《はば》んでくれたようだ。

手拭《てぬぐい》を引きちぎり、胸を縛りつけてやる。

「ぬぐっ……つ、葛籠さま」

「何だ」

「……せ、拙者は死ぬのでござりますか」

情けない顔で問いかえす安島に、桃之進は笑いかけてやる。

「ああ、そうかもな。おぬしは一度、死んだほうがよいかもしれぬ」

「なっ、何を仰います」

「案ずるな。掠《かす》り傷だ」

「嘘でしょう。そんなはずはない。胸がずきずき痛みまする。これは尋常な痛みではござらぬ」

「それだけ喋ることができれば、当面は死なぬさ。ほれ、立たぬか」

肩を貸してやると、遠慮なくからだごとのしかかってくる。

「うわっ」

桃之進は重みに耐えかね、その場に崩れかけた。

「阿呆《あほう》、甘ったれるな」

叱りつけてやると、安島は悲しげな顔をしてみせる。

「そんな顔をしても騙《だま》されぬぞ」

桃之進は腰をふらつかせながら、無性《むしょう》に酒が呑みたいとおもった。

## 九

翌日、日が暮れたあと、魚河岸《うおがし》の一膳《いちぜん》飯屋で、馬淵斧次郎と落ちあった。馬淵が間諜《かんちょう》の才を発揮し、駕籠の男の素姓を調べてきたのだ。

「深越弾正と申す一橋家の次席家老にござります」

「その名は、すでに二度聞いた。一度目は良庵先生からだ。先生がその男に癪の薬を処方してやった縁で、お城勤めが決まったのだ」

そして、二度目は田沼家の潮田内膳から聞いた。良庵を田沼意次に推挙したのが、深越弾正にほかならなかった。

馬淵は言う。

「深越という次席家老は、もしかしたら、人身御供《ひとみごくう》となる町医者を捜《さが》しておったのかもしれませぬ」

「なるほど、良庵先生は不運にも網に掛かった」

「最初から毒殺の濡れ衣を着せるつもりで、お城にあがらせたのかも」

馬淵の読みは否定できない。

城にあがった良庵を田沼意次に推挙したもうひとりの人物は、御典医の若宮玄偉であった。玄偉の導きがあれば、一介の町医者であろうとも、公方の施薬に関わることはできる。

「読み筋は当たっておりましょう。上様に処方された薬を毒に替えたのは、玄偉に相違ない。そして、裏で糸を引くのが一橋家の次席家老ということに」

「されど、証拠はない。玄偉と次席家老の深越が『菊水亭』で密会していたというだけではな」

深越の目途が田沼意次の失脚ならば、深越のさらに後ろで糸を引く黒幕のことも考慮しなければならぬ。

すなわち、一橋家の当主、治済のことだ。

桃之進にしてみれば雲の上の人物であり、もちろん手出しはできまい。

おしゅんには申し訳ないが、泣き寝入りをきめこむしかなかろう。

馬淵は首をかしげる。

「さすがに、御三卿一橋家のご当主ともあろうお方が、みずからの野心を遂げるために上様のお命を狙うでしょうか。静かに待っておれば、いずれ嫡男《ちゃくなん》の家斉公が将軍の座に就《つ》くのでございます」

「何が言いたい」

「こたびの騒動は、深越が、己《おの》がために仕組んだものかもしれませぬ。かねてより、同家において家老の座を狙っておったようですからな」

一橋家内における重臣同士の争いに端を発しているのではないかと、馬淵は私見を披露する。

ほんの五年ほどまえまで、一橋家と田沼家は蜜月の関わりにあった。それを証拠に、天明元年（一七八一）までは田沼意次の甥《おい》にあたる能登守意致《のとのかみおきむね》が一橋家の家老をつとめている。そののち、田沼家が落ち目になると、一橋家は徐々に田沼の色を薄めていったが、まったく排除されたわけではなかった。

生《は》え抜きの深越にとって、田沼家の影響力を排除することは積年の願いなのかもしれない。

田沼意次はすでに死に体だが、明確な汚名を着せることで一族郎党ともに葬ることができる。そうした妄執《もうしゅう》に駆られ、一線を踏み越えた。おのれの野心を充《み》たさんがために、公方毒殺などという恐ろしい企てをおもいついた。とするならば、とうてい許されるはなしではない。

されど、今はまだ憶測の域を出るものではなかった。

ここからさきには、踏みこんではならぬ深い闇が待ちかまえている。

「いかがなされます。前へ進むか否《いな》かは、葛籠さまのご決断ひとつに掛かっておりますぞ」

「馬淵よ、わしが進むと決めたら、おぬしは従《つ》いてきてくれるのか」

わずかな沈黙ののち、馬淵は静かに吐いた。

「御役御免のご沙汰が下されるまでは、葛籠さまの配下でござります。命じられれば拒《こば》むわけにはまいりますまい」

「すまぬな」

不覚にも、目頭《めがしら》が熱くなってくる。

馬淵はあくまでも冷静だった。

「葛籠さま、証拠を摑む近道がござります」

「それは」

「『菊水亭』の女将を籠絡《ろうらく》すれば、何かわかるかもしれませぬ。菊乃《きくの》と申す女将、どうやら玄偉の囲い者のようでござる」

「やはりな」

玄偉と見世に消えたときの女将の妖艶な横顔が、ふっと脳裏に浮かんできた。

「あの女将、とんだ食わせ者でござる。玄偉に操《みさお》を立てておきながら、陰では若い役者を漁《あさ》っておるようで」

「若い役者か」

「二枚目の色悪《いろあく》好みだとか」

「役者に化けて、色仕掛けにでもおよぶか」

「ぷっ」

と、馬淵が噴きだす。

「ご無礼を」

「わかっておる。わしでは無理だ。七化《ななば》けの異名を持つおぬしでも、色男には化けられまい」

「承知しております。馬面《うまづら》の二枚目はおりませぬからな」

「かといって、得体の知れぬ役者に頼むわけにもまいらぬ」

桃之進の頭には、鼻筋の通った実弟の顔が浮かんでいた。

馬淵がそれと察し、にやりと笑う。

「じつは、拙者も同じ事を考えておりました」

「竹之進か」

「はい」

六つ年下の弟は部屋住みの穀潰《ごくつぶ》しを絵に描いたような男で、みずから進んで役に就く気もなければ、他家の末期《まつご》養子になる気もない。

母親から甘やかされて育ったせいか、気楽な部屋住み暮らしを謳歌《おうか》しつづけ、みずからを「とんちき亭とんま」などと号して艶本《えんぽん》の筋を書いたり、市中で奇行をはたらいては迷惑沙汰を起こしてきた。

いつも尻拭《しりぬぐ》いばかりやらされているので、たまには難題を課してやろうと、少しばかり意地悪な気持ちもはたらいた。

「あやつは金欠のくせに、やたらおなごにもてる。遊び人のたわけにも、使い道があったということか」

「いかにもでござります」

「されど、あやつに大役が勤まるかな」

新たな厄介事を抱えこむ恐れも否めない。

甚《はなは》だ不安ではあったが、ほかに妙案も浮かばなかった。

「詮方あるまい。やらせてみるか」

桃之進は溜息混じりに吐き、盃を呷った。

竹之進は実弟ながら、常識では計れないところがある。

良庵の濡れ衣を晴らすべく悪党の企てをあばくのだと煽《あお》ると、ふたつ返事で任せてほしいと請《う》けあった。

自分も良庵の処方した薬にはずいぶん世話になったし、美人と評判の女将を誑《たら》しこむのはおもしろい。何よりも、公儀をひっくり返すほどの企みをあばいてみせるのが痛快なのだと、眸子を爛々《らんらん》とさせたのだ。

竹之進は売り出し中の緞帳《どんちょう》役者に化けて女将に近づき、まんまと気持ちを摑んでみせた。

今は馬淵が懇意にしている池之端《いけのはた》の曖昧宿《あいまいやど》にしけこみ、女将と乳繰りあっている。

二階には二間つづきの部屋があり、蒲団部屋も兼ねた狭い隣部屋に潜《ひそ》めば、男女の会話は薄い壁越しに筒抜けとなった。

桃之進は壁に耳をくっつけ、じっとふたりの会話を聞いている。

「ほんに、おまえさまはいい男だねえ。わたしゃすっかり、骨抜きだよ」

「ふふ、そいつはよかった」

「どうしても、ただの緞帳役者にはみえないんだよ。凜《りん》とした物腰は、持って生まれたものかねえ。育ちのいい御武家にしかみえないのさ」

女将の菊乃に鋭く指摘されても、竹之進はいっこうに怯《ひる》まない。役者になりきっているのだ。

「こうみえても、落ちぶれ旗本の末裔《まつえい》でな」

「ほんとうかい」

「ああ、ほんとうだとも」

「だったら、なおさら惚れてしまいそうだ。誘うような潤んだ眼差《まなざ》しがたまんないのさ。わたしが立てすごしてあげるからね。金輪際《こんりんざい》、お金の心配はしなくていいよ」

「嬉しいな。やっと幸運にめぐりあえた気分だ。ところで、女将は御典医の囲い者なんだろう」

「ああ、そうさ」

「おれみたいなやつとこんなふうになって、旦那《だんな》に叱られやしないのかい」

「うふふ」

菊乃は妖艶に笑いだす。

「みつかったら仕舞いさね。玄偉は悋気《りんき》の強い癇癪《かんしやく》持ちだから、捨てられるだけじゃすまないだろうね」

「まさか、命までは取らないだろう」

「とんでもない。邪魔者はどんな相手だろうと消す。それが玄偉ってやつさ」

「どんな相手といっても、公方さままでは殺せまい」

わずかな沈黙が流れ、菊乃の口から溜息が漏れた。

「ふっ、信じないとおもうけど、玄偉は公方さまにも毒を盛ることができるんだよ」

「まさか、そいつは嘘だろう」

竹之進は軽妙な調子で、はなしの核心に迫っていく。

桃之進は壁に耳を痛いほどくっつけ、ごくっと唾《つば》を呑みこんだ。

「そういや、町医者が公方さまに毒を盛ったって噂を聞いたな」

「そんな噂があんのかい」

「ああ」

「町医者の名はね、小久保良庵っていうんだ。可哀相に、玄偉のやつに嵌められたんだよ」

「何でわかる」

「玄偉が自慢げに言ったからさ」

「自慢げに」

「ああ、そうだよ。毒を盛ったのは自分だが、まんまと町医者に濡れ衣を着せてやった。やろうとおもえば、自分には何だってできる。逆らったら、身のためにならぬぞってね。そうやって脅しあげるのが、玄偉の手なのさ」

「ひどいやつだな」

「寝物語に聞いたのさ。公方さまは、もう長くないってね。今のうちに息の根を止めてやれば、大金が転がりこんでくる。そうしたら、今よりもっと楽しい暮らしをさせてやる。玄偉は酔った勢いで、そう漏らしたんだよ」

またもや、重い沈黙が訪れた。

竹之進が、唐突に笑いあげる。

「ぬへへ、まんがいち、そのはなしをおれが玄偉にちくったら、女将の命はないってわけだな」

「冗談はおよし。わたしを脅す気かい」

「ふふ、脅してでも繋ぎとめておきたいのさ。あんたがあんまり好い女なんでね」

「ほんとうかい。嬉しいよ。わたしゃ本気で、おまえさまに惚れてしまいそうだ」

「今までは本気じゃなかったのか」

「ああ、そうさ。じっくり様子を窺っていたんだよ。おまえさんが金目当ての悪党かどうかかね」

「言っちゃわるいが、おれはかなりの悪党だぜ」

「ふふ、わかっているよ」

ふたりはしばらくのあいだ、乳繰りあった。

桃之進は壁から耳を離し、そっと舌打ちをする。

「一服つけるかい」

菊乃が鼻に掛かった声で言った。

竹之進は「ああ」と素っ気なく応じ、巧みにはなしを戻す。

「金のためなら、相手が公方さまでも毒を盛る。玄偉ってのは、悪党のなかの悪党だな。でも、それがわかっていながら、女将はどうして囲われているんだい」

「うふふ、わたしもお金が大好きでね。おとなしく囲い者になってりゃ、何不自由のない暮らしができる。神楽坂に料亭まで持たせてもらってね。これだけの幸運を手放すはずがないだろう」

「怖い女だな」

「さあ、抱いて。辛気臭いはなしは、もうやめだよ」

桃之進は首を振り、そっと蒲団部屋から抜けだした。

怒りの嵩《かさ》は増えている。権威を笠に着た医者坊主を締《し》めあげ、悪事のからくりを吐かせなければなるまい。

十一

弱気の虫は大敵だ。

地獄の獄卒になったつもりで事に当たる心構えが要《い》る。

漆黒《しっこく》の夜空に月はない。

桃之進は闇に潜んだ。

遠く半蔵門から、体裁の立派な駕籠が一挺やってくる。

かたわらには、怪我の癒《い》えていない安島が控えていた。

胸の刀傷よりも疼《うず》くのは、高慢ちきな医者坊主を懲《こ》らしめてやりたい欲求だ。

駕籠かきどもにくわえて、挟み箱持ちと草履取り、権門駕籠の左右には腰に大小を差した供人がひとりずつ、六人まとめて殺さずに除くのは、言うほど簡単なことではない。

「安島、まいるぞ」

「は」

ふたりは前後になり、黒羽織の袖《そで》を靡《なび》かせた。

駕籠はこちらに気づかず、のんびり迫ってくる。

安島はずいと前へ押しだし、両手をひろげて駕籠を停めた。

「待て、駕籠検《あらた》めだ」

仕方なく歩みを停めた駕籠を、先棒と後棒は降ろそうか降ろすまいか迷っている。

業《ごう》を煮やした安島が、おもいきり声を張りあげた。

「辻斬りが駕籠で逃げたのだ。早《はよ》う、降ろせ」

重い駕籠が地べたに置かれるや、安島は傷に響くほどの怒声を発した。

「わしが辻斬りじゃ。ぬえい……っ」

髪を逆立て、刀を鞘ごと抜きはなち、大上段に振りあげるや、猛然と振りおろす。

鞘が駕籠の屋根に叩《たた》きつけられた途端、凄まじい音とともに、木《こ》っ端《ぱ》が飛びちった。

その間隙《かんげき》を衝き、桃之進は供人のひとりに斬りかかる。

「せやっ」

抜き際の一刀で胴を抜き、土を蹴《け》って駕籠の屋根に飛びうつるや、反対側のもうひとりの頭上に襲いかかる。

「うわっ」

供人は刀の柄袋《つかぶくろ》を外す暇もなく、月代《さかやき》のまんなかを割られた。

呻《うめ》き声もあげられず、供人たちはその場にくずおれてしまう。

いずれも峰打ちだが、駕籠かきや小者たちに判別はできない。

「ひゃああ」

四人は蜘蛛《くも》の子を散らすように逃げ、主役を乗せた駕籠だけが残った。

ここでの脅しが、後々、効《き》いてくる。

桃之進に顎をしゃくられ、安島はどんと駕籠を蹴倒した。

「ひぇっ」

内から悲鳴が聞こえてくる。

駕籠は横倒しになり、濛々《もうもう》と土煙が舞いあがった。

駕籠の垂れをはねのけ、禿頭《とくとう》がむっくりあらわれる。

まるで、蛸《たこ》だ。

蛸の鼻先へ、桃之進は白刃の切っ先を差しだす。

「のひぇっ」

身を硬くした玄偉に向かって、桃之進は唾を飛ばした。

「わしらは牢抜《ろうぬ》けの人殺しだ。命なんぞ惜しくもない」

「……な、何がお望みで」

「きまっておろう、金だ」

吐きすてたそばから刀を峰に返し、玄偉の脳天に叩きおとす。

蛸は白目を剝《む》き、昏倒《こんとう》してしまった。

「急げ、安島」

「は」

胸の傷が開いても、安島の身代わりはいない。

ふたりは玄偉を簀巻《すま》きにし、あらかじめ用意してあった大八車に乗せた。

そして、大路を下って四谷御門を通りすぎ、右手に折れて土手道をひたすら進み、神楽坂下から小石川《こいしかわ》、さらには下谷広小路から池之端へと向かう。

町方の風体《ふうてい》ならば、番太郎《ばんたろう》に咎《とが》められる恐れもない。

流れる雲を追うように急ぎ、どうにか目当ての曖昧宿へたどりついた。

すでに、刻限は町木戸の閉まる亥《い》ノ刻（午後十時頃）をまわっている。

池畔《ちはん》のほうから、顔の長い男があらわれた。

「遅うございましたな」

「おう、馬淵か。『菊水亭』の女将はどうした」

「捕らえてございます。ご舎弟のお手柄でござる」

「褒めるな。図に乗るぞ」

「かしこまりました」

「女将は部屋におるのか」

「はい。手足を縛り、猿轡《さるぐつわ》まで嵌めてございます。怯えが激しく、二度ほど粗相いたしました。それも、金目当てに悪党医者の囲い者になった報いかと」

馬淵にしては、厳しいことを言う。

「詮方あるまい」

「それから、あちらを」

池の淵《ふち》に顔を向けると、菅笠《すげがさ》をかぶった侍が座って釣り竿をかたむけている。

桃之進は目を細めた。

「潮田さまか」

「いいえ、潮田内膳さまは、すでに二階の隣部屋へ」

「されば、あのお方は」

「お名を口にすることは憚《はばか》られます」

「まさか……」

「そのまさかでござる。どうしても、ご自身の目で、いや、耳で悪事のからくりを確かめたいと仰《おお》せになり、潮田さまがお連れしたそうです」

「ふうむ」

桃之進は唸《うな》った。

「どのくらい、お待ちだ」

「すでに一刻ばかり。釣果はござりませぬよ」

「坊主か」

「そのようで」

「ふふ、物好きな太公望《たいこうぼう》よのう。よし、さっそく隣部屋にお連れしてくれ。わしらもすぐにまいる」

「は」

馬淵が菅笠の人物に近づいて何か囁くと、その人物は立ちあがって腰を伸ばし、軽《かる》鴨《がも》のようによたよた歩きだした。そして、こちらも顧《かえり》みず、曖昧宿の暗がりへ消えてしまう。

入れ替わりに、竹之進がやってきた。

「兄上、こちらの首尾は上々にござります」

何やら楽しげに言い、余計な問いを口にする。

「またひとり、爺《じい》さんがやってきましたが、あの方はどなたです」

「おぬしは知らずともよい」

「おっと、隠し事は無しにいたしましょう」

「なら、教えてやろう。田沼主殿頭《とのものかみ》さまだ」

「げっ、まことですか」

「ああ、正真正銘のご老中さ。おぬしにつきあっている暇はない。ちと、静かにしておれ」

竹之進が興奮も醒《さ》めやらずにいると、安島が胸の傷を気にしながらやってきた。

「葛籠さま、法眼のやつが目を醒ましました」

「よし、ちょうどよい。後ろ手に縛って歩かせよう」

「承知」

意識の朦朧《もうろう》としている玄偉を歩かせ、後ろから支えて曖昧宿の急な階段をのぼらせた。

部屋のなかには菊乃がおり、薄い壁を隔てた隣部屋にも人の気配がする。

馬淵と竹之進は廊下で待機し、布で顔を隠した桃之進と安島が玄偉を部屋に運びいれた。

「あっ、菊乃ではないか」

玄偉が弱々しく漏らす。

猿轡を嚙まされた菊乃は、両目を剝いて驚いた。

玄偉を隣に転がし、安島が挨拶替わりに頰を平手で叩く。

――ぱしっ。

いい音がした。

紫色の唇を激しく震わせた様子からは、以前の高慢さは感じられない。

桃之進は裾を割って屈み、声を落として喋りはじめた。

「さっきも言ったとおり、われらは牢抜けの人殺しだ。人の命なんぞ何ともおもっておらぬ。この女から、金になるはなしを聞いた。おぬし、公方さまに毒を盛ったらしいな」

「……ま、まさか、そんな大それたことを」

「するはずはないか。わしに嘘は通用せぬぞ。毒を盛ったのであろうが。ほれ、正直に吐け。吐けば、命を助けてやってもいい」

「……ほ、ほんとうか」

期待どおり、玄偉は懇願するような眼差しを向けてくる。

桃之進は、目尻に皺《しわ》をつくって笑った。

「ああ、嘘ではない。わしらが欲しいのは金だ。殺す気なら、顔を隠す必要もないしな。天下の御典医にどれだけの値がつくのか、じっくり吟味《ぎんみ》させてもらう。さあ、喋ってみろ」

「いくら払えば、助けてもらえるのだ」

「そうさな。素直に罪をみとめれば、千両箱ひとつで勘弁してやる」

「……そ、それでよいのか」

「ただし、証拠が要るぞ。おぬしが毒を盛ったという確かな証拠がな」

「……こ、これでどうだ」

縄を解いてやると、玄偉は震える手を袖口に突っこみ、小さな薬の包みを取りだした。

「上様に呑ませたのと同じものだ。医者に調べさせれば、どのようなものか、すぐにわかるだろう」

「ほほう、なるほど」

桃之進は包みを受けとり、掌《てのひら》でもてあそんだ。

「こいつが毒薬なら、確かに千両箱ひとつの価値はある。だが、おぬしはまだ隠し事をしておる」

「……ど、どういうことだ」

「御典医ともあろう者が、何故、公方さまに毒を盛ろうとしたのか。そいつを解きあかさないとな」

桃之進は、ぐっと顔を近づける。

「金なんだろう。金欲しさにやったとすりゃ、おまえさんには後ろ盾がいるはずだ。裏で糸を引く悪党のことさ。そいつの名を吐いてもらおう」

「勘弁してくれ。喋ったら、命はない」

「ふふ、喋らなかったら、ここで死ぬだけさ。『菊水亭』の美人女将と相対死《あいたいじに》をしてみせたとなりゃ、乙《おつ》なはなしではないか、なあ」

「……や、やめてくれ」

「もちろん、そんなふうにはさせたくないさ。おまえさんが素直に喋ってくれれば、何もせぬと約束しよう」

「喋ったら、ほんとうに助けてくれるのか」

「金を貰って、ずらかるだけさ。今宵《こよい》のことは誰も知らないってことになる。おぬしら、ふたり以外はな。さあ、これ以上は焦《じ》らすなよ」

桃之進は片膝立ちになり、すっと刀を抜いた。

「ひっ、待ってくれ。喋る、今喋るから待ってくれ」

隣部屋で息を殺している者の殺気が、壁越しに伝わってくる。

玄偉は恐怖に耐えかね、悪事のからくりを包み隠さずに喋った。

もちろん、ここからの仕置きは難しい。

本物の悪党に煮え湯を呑ませたいのは山々だが、正直、桃之進にこれといった策は浮かんでいなかった。

十二

その夜、桃之進が田沼意次に目通りすることはなかった。

竹之進によれば「幽霊のように」消えてしまったという。

「お褒めのことばひとつないとは、がっかりでござりますな」

疲れきった安島の吐いた台詞が、今でも耳に残っている。

だが、桃之進たちには休む暇も与えられなかった。

側用人の潮田内膳から「若宮玄偉と情婦の菊乃を縛りつけ、一橋家に乗りこむように」と、その場で命じられたからだ。

もちろん、潮田の命は田沼意次の命にほかならない。

一日置いた二十四日の夕刻、桃之進たちは田沼屋敷と面と向かう一橋家の上屋敷へやってきた。

この日、幕閣では重大な決定が下されていた。

下総印旛《しもうさいんば》沼と手賀《てが》沼の干拓事業が、ついに取りやめになったのだ。

意次が幕政の柱として全力を注いでいた事業だけに、それは誰の目にも田沼治世の終焉《しゅうえん》を象徴するような出来事と映った。表向きの理由は関東一帯を水浸《みずびた》しにした水害の影響によるものであったが、余計な出費を避けたい諸藩の意向も反映されていた。ほかにも、大和《やまと》国金剛《こんごう》山の金鉱採掘も断念せざるを得なくなり、幕府財政の逼迫《ひっぱく》が予想以上に深刻であることがわかった。

無論、桃之進たち平役人には知る由《よし》もないことだ。

一方、一橋家には幕閣《ばっかく》の決定が早々にもたらされ、田沼降ろしを画策する当主の治済は大いに喜んだらしい。

そうしたさなかへ、桃之進たちは踏みこんでいった。

あくまでも田沼家の用人として、潮田内膳に随行を許されたのである。

安島と馬淵は罪人の玄偉と菊乃を引っ立てる役目を負わされ、竹之進も得意顔で一行のなかに混じっていた。

あらかじめ訪問を申しこんであったらしく、門番に誰何《すいか》されることもなかった。

ただし、白洲《しらす》のほうへ招じられるや、屋敷内は異様な空気に包まれた。

無理もない。

半裸の恰好で縛られた男女が、縄に引かれてきたからだ。

「潮田どの、その罪人どもは何じゃ」

まっさきに声を荒らげたのは、次席家老の深越弾正であった。

「わしは聞いておらぬぞ。時候の挨拶に参上したのではないのか」

騒ぎを聞きつけ、当主の治済も大広間にすがたをみせる。

潮田は大広間を見上げる白洲に膝を折り、両手をついた。

桃之進たちも正座し、同じようにしたがう。

縛られた玄偉と菊乃は、喋ることもままならない。

身に何が起こったのかも理解できないようだった。

「弾正よ、あれはどうしたことじゃ」

治済は声をひっくり返し、かたわらに侍《はべ》る次席家老を睨《にら》みつける。

深越弾正は鯉《こい》のように口をぱくつかせ、応じることもできない。

潮田がすかさず口を開いた。

「恐れながら、左近衛権中将《さこのえごんのちゅうじょう》さまに申しあげます。拙者の後ろに控えます者は、お見知りおきかと存じまするが、御典医の若宮玄偉めにござります。そして、隣に控えるのは、玄偉が公金をもって囲う情婦にござりまする」

「ふん、それがどうしたのじゃ」

「玄偉め、法眼の位まで頂戴しておきながら、畏れ多くも、上様に毒を盛りましてござります」

「何じゃと」

「厳しく詮議いたしましたところ、小久保良庵なる奥医師にみずからの罪を着せ、偽《いつわ》りの訴えをおこない、徒目付たちの手で厳しい責め苦を負わせたあげく、無理に口書きを取り、斬首させたと白状いたしました。それればかりか、毒を盛ったのは報酬《ほうしゅう》を得るため、一橋家のご重臣に命じられたがためと申したのでござります。本日はただ今申しあげた事の真偽をしかとお確かめいただきたく、ご迷惑とは存じつつも、こうして参上つかまつりました」

治済は眸子《みは》を瞠り、ごくっと唾を呑みこむ。

潮田は堂々と胸を張り、よく通る声ではなしをつづけた。

「当然ながら、わが田沼家の当主も存じよりのことにて。これだけの一大事が表沙汰になれば、御当家に災いが降りかかるのは必定。できれば、内々に事を収めたいと、わが当主は申しておりまする」

「そちの申すことがまことなら、由々しき事態じゃ。玄偉の口から漏らされた重臣の名を申せ」

「よろしゅうござりますか」

「許す」

「されば、申しあげます。それにおわす、深越弾正さまにござりまする」

名指しされた深越は昂然と立ちあがり、鬼の形相で吼《ほ》えた。

「何を莫迦な。上様、かの者は田沼家の側用人にござります。ゆめゆめ、戯《ざ》れ言《ごと》をお信じになられますな。おそらく、これは何かの策略にござりましょう」

「ほう、策略とな。されば、おぬしの潔白を明らかにいたせ」

治済は怒りを抑えきれず、声を震わせた。

深越は床に両手をつき、頭をあげることもできない。

額に浮きでた脂汗《あぶらあせ》が頬を伝い、顎からぽたぽた落ちてきた。

「いかがした。証を立てられぬのか」

治済に詰められ、深越は何をおもったか、縁側から白洲に飛びおりる。

そして、潮田の脇を擦りぬけ、後ろの玄偉に迫った。

桃之進は刀の柄を握り、立て膝になって身構える。

潮田が「手を出すな」と目顔で合図を送ってきた。

深越は全身を震わせ、声を搾《しぼ》りだす。

「この医者坊主め、世迷い事を吐かしおって」

玄偉はうろたえつつも、必死に抵抗を試みた。

「嘘など吐いておりませぬ。深越さまの命にしたがったまでだ。何度も仰せになったではありませぬか。地獄まで一蓮托生《いちれんたくしょう》だと」

「ええい、黙れ」

深越は脇差《わきざし》を抜き、高く掲げて斬りつける。

「うわっ」

縛られた玄偉は躱しきれず、片耳を殺《そ》がれた。

「ひぇっ」

かたわらで菊乃が失神する。

白洲に鮮血が散っても、誰ひとり助けようとしない。

一橋家の者たちも、息を詰めて事態を見守っていた。

「やめてくれ、頼むから殺さないでくれ」

玄偉は芋虫《いもむし》のように這《は》って逃げ、頭や背中に深傷《ふかで》を負わされた。

そして、仕舞いには血達磨《ちだるま》になり、ぴくりとも動かなくなった。

深越は髪を乱し、肩で息をしている。

もはや、正気ではない。

と、そこへ。

正門を守る番士が注進に駆けつけた。

「申しあげます。ただ今、ご老中の田沼主殿頭さまがお越しになりました」

「何じゃと」

大広間の治済と白洲の深越が、同時に叫んだ。

叫びたいのは、桃之進も同じことだ。

仰天する面々のもとへ、白髪の老臣が気軽な調子であらわれた。

紛《まぎ》れもなく、田沼意次である。

血塗《ちまみ》れた脇差を提げた深越を一顧だにせず、白洲をさくさく歩いて治済のもとへ近づいていく。

突如、殺気が膨らんだ。

萩《はぎ》の群生する庭の片隅から、人影がひとつ躍りでてくる。

深越の配下、赤井新兵衛であった。

「ご老中、お覚悟」

抑えた口調で発し、抜刀する。

東軍流の練達だけあって、仕種《しぐさ》に無駄がない。

正気ではない深越が、欣喜雀躍として叫んだ。

「ふはは、飛んで火にいる何とやらじゃ。新兵衛、その爺《じじい》を斬れ。ここは一橋家の縄張り内ぞ。老い耄《ぼ》れひとり不慮の死を遂げたところで、誰ひとり文句は言わぬ」

「御意《ぎょい》にござる」

赤井はしゃくれた顎を引き、右八相に高く構える。

一方、意次は微動だにもしない。

頰の微笑みを絶やさず、治済のほうに目を向けていた。

十三

桃之進のからだも反応する。

愛刀孫六の鯉口《こいぐち》を切り、意次の前面に躍りだした。

「待て、赤井新兵衛。おぬしの相手は、このわしだ」

「ふん、誰かとおもえば、またおぬしか。やはり、田沼の子飼いだったらしいな」

ちがうと言っても、聞きいれてはもらえまい。

素姓を説くのも面倒なので、返事もせずに刀を抜いた。

濡れ縁に集った一橋家の面々が、ぐっと身を乗りだしてくる。

加勢にはいる者もなければ、止めだてしようとする者もいない。

当主の治済も根が生えたように立ったまま、対峙するふたりの剣士に目を貼りつける。まるで、赤井と桃之進の勝負に、一橋家の命運を託しているかのようだった。

深越が叫ぶ。

「新兵衛、何をしておる。早《はよ》う始末をつけよ」

「はっ」

赤井の背には、夕陽が赫奕《かくえき》と輝いていた。

桃之進は眼前に刀を立て、眩しげに目を細める。

夕陽に正対する不利な位置取りだが、背後に意次が佇んでいるので動くことはできない。

「こうなれば、一《いち》か八《ばち》か」

赤井の使う東軍流には「無明斬《むみょう》り」なる秘技があった。

蟹股《がにまた》で刀を上段に構え、俯《うつむ》き加減で数歩進み、相手をみずに刀を鉈落《なたお》としに振りおろす技だ。

相手の呼吸から間合いを瞬時に感じとり、目を瞑《つぶ》って斬りつける。

その「無明斬り」を、桃之進は自己流で修得しようとしたことがあった。

夕陽が眩しくて目視できぬというのなら、みずからの勘を信じて反撃をこころみるしかない。

捨て身の技だ。

初太刀《しょだち》で勝負をつけねばならぬ。
それだけの迫力がなければ通用すまい。
一橋家に踏みこんだときから、こうなる予感はあった。
文字どおり、死中に活を求める気構えで挑まねば、赤井新兵衛を倒すことはできまい。
桃之進は殺気の鎧《よろい》を纏い、蟹股で一歩近づいた。
このとき、赤井は土を蹴り、跳躍しかけている。
「ん」
桃之進に東軍流の動きを察し、わずかに動揺をみせた。
それでも、流れるような動きを止めることはできない。
はっとばかりに宙へ舞い、おのれのからだで夕陽を隠す。
「死ね」
赤井が叫ぶ。
桃之進は目を閉じた。
くる。
分厚い雲が、頭上に圧《お》しかかってくる。

今だ。

「ふおっ」

大上段に構えた孫六を、反動もつけずに振りおろした。

白刃と白刃が、鋭い弧を描いて擦れちがう。

刹那、風圧で潰されかけた。

「ぬぐっ」

全身に痛みが走る。

安島のときのように、胸をばっさり斬られていた。

桃之進には、相手を斬った感触がない。

だが、足許には赤井の屍骸《しがい》が転がっている。

胸骨を断たれ、即死していた。

「莫迦め」

桃之進は納刀もせず、ずたずたに裂けた着物の内から、鎖帷子《くさりかたびら》を引きずりだした。

帷子は見事に両断されていたが、からだの表面には浅く裂かれた刀傷しかない。

痛みは引いていた。

「……や、やった」

後ろでつぶやいたのは、竹之進であろう。

兄の勝ちを予測していなかったにちがいない。

重い沈黙を破ったのは、足かけ十五年の長きにわたって幕政の舵を取ってきた田沼意次であった。

濡れ縁に立つ治済を見上げ、凜然と発してみせる。

「わしを討つがよい。このとおり、逃げも隠れもせぬ。それで徳川《とくがわ》のいやさかを守ることができるなら、喜んで命を捧げよう。政事を私《し》するつもりなど、わしには微塵もない。すべては、平穏な世の中をつくるためにしてきたことじゃ。凡慮《ぼんりよ》ゆえに、上様には多大なご迷惑をお掛けした。されど、いかなる小事といえども、わしの一存で取りはからったことは、ただの一度もない。じっくりはなしあえば、わかることじゃ。今日の軋轢《あつれき》は、誤解が誤解を生んだすえの出来事にすぎぬ。お望みならば、これよりは白河公に舵取りをお任せいたそう。姑息《こそく》な企ては無用じゃ。言いたいことがおありなら、堂々と正面から仰るがよい」

白髪の意次は威厳をもって、團十郎《だんじゆうろう》も顔負けの大見得を切った。

若くして策士と評される治済は、面《おもて》を茹《ゆ》で海老《えび》のように紅潮させる。

そして、眦《まなじり》を仁王《におう》のごとく吊りあげるや、腹の底から怒声を発した。

「弾正、腹を切れい」

家臣たちの目が意次から離れ、石灯籠《いしどうろう》のように佇む次席家老のほうへ一斉に注がれる。

深越弾正は、ぽかんとした顔で治済をみつめた。

さらには、右手に握った脇差に目を落とす。

蒼白な顔に血の気が戻ってきた。

「ぬおおお」

深越は天を仰《あお》ぎ、獣のように咆吼《ほうこう》する。

ざっと両膝を屈し、脇差を振りあげた。

「ぬおっ」

振りおろし、ずぼっと腹に突きたてる。

「ひょええ」

脇差を左から右に引きまわし、抜きはなって臍下《せいか》を刺しつらぬく。

刃の先端が何と、背中の皮を破って突きだした。

「ぬぐ、ぐぐ」

抜こうとしても、抜くことができない。

深越は力尽き、蹲《うずくま》るように死んでいった。

誰もが息を呑んでいる。

おそらく、次席家老の壮絶な最期《さいご》が露見することはあるまい。

――たん。

裏庭の池で、鹿威《ししおど》しが鳴った。

杏子《あんず》色の夕陽が、釣瓶《つるべ》を落とすように落ちていく。

意次は一矢《いっし》を報いたのだと、桃之進はおもった。

十四

翌二十五日、第十代将軍家治は逝去《せいきょ》した。

幕臣たちの動揺を慮《おもんぱか》り、その死は当面のあいだ秘せられることとなったが、二日後の二十七日に田沼意次が老中を解任されるという触れについては、下々にまで通達されることとなった。

通達があった日のさらに翌日、桃之進は久しぶりに北町奉行所の「金公事蔵」へ出仕した。

黴臭い臭いも、何やら妙に懐《なつ》かしい。

奉行所内で「芥溜《あくただまり》」と揶揄《やゆ》された「蔵」のなかでは、怠《なま》け者の配下たちが待っていた。

安島はいつものように不満げで、馬淵は何を考えているのかわからない。

意次解任で手柄はうやむやになってしまったが、桃之進は何やらすっきりした気分だった。

「いよいよ、今日が最後でござりますな」

安島が悲しげな顔を向けてくる。

「ああ。おそらく、そうなるであろうな」

年番方筆頭与力の漆原帯刀からは、裃《かみしも》を着て出仕するようにと命じられていた。

十中八九《じっちゅうはっく》、御役御免を申しわたされるものと覚悟を決めている。

「田沼さまも情がない。命を助けてさしあげた葛籠さまに、ひとことの御礼もないのですからな」

「安島よ、それは心得違いというものだ。ご老中のお命を守るのは、幕臣としてあたりまえのことだからな。褒美を期待するのは、罰当《ばちあ》たりにもほどがあるぞ。しかも、今や世の中は大きく変わろうとしている。手柄がどうのと言っていられるときではない」

「そりゃそうなんですがね。何やら、いつも貧乏籤《びんぼうくじ》ばかり引かされているようで、正直、やってらんねえと尻を捲りたい気持ちでござりますよ」

安島の愚痴《ぐち》が聞けるのも今日かぎりだとおもうと、何やら物悲しい気分になってくる。

「されば な、行ってまいる」

「最後の最後まで粘ってくだされ。泣き落としでござる。御役御免になったら、一族郎党ともに首を縊《くく》らねばならぬと、涙ながらに訴えてくだされ。不肖《ふしょう》安島左内、奇蹟《きせき》を願っておりまするぞ」

仕舞いまで喋りたおす安島と終始無言の馬淵に送りだされ、桃之進は「蔵」を出て中庭を突っきり、上役の待つ控え部屋へおもむいた。

「いよいよ、崖っぷちだな」

ほっと息を吐き、廊下の外で名乗りあげると、掠れたような声で「入れ」と返答があった。

手を掛けた襖が、いつもより重い気がして仕方ない。

漆原帯刀は霰小紋《あられこもん》の裃を纏い、上座にきちんと正座していた。

菱文《ひしもん》の裃を着けた桃之進は下座に腰を下ろし、畳に両手をついてみせる。

「面《おもて》をあげい」

「はは」

おたがいに緊張しているようで、受け答えがぎこちない。

「初顔合わせではないのだ。ま、楽にせよ」

漆原はみずからにも言いきかせ、口を真一文字に結ぶ。

桃之進は待った。

どうせ、御役御免を申しわたされるのだろう。

役人にとっては、死を宣告されるようなものだと言う者もあった。

役目をなおざりにしてきた桃之進にしてみれば、それほど大袈裟《おおげさ》なものでもない。

と、おもっていたのだが、心ノ臓は飛びださんばかりになっている。

家の連中に、どう言い訳すればよいのか。

それをおもうと、頭が痛い。

漆原が襟を正した。

「されば、心して聞くがよい」

「は」

「このたび、北町と南町の両奉行所より金公事方を廃することが正式に決まった。よって、与力の葛籠桃之進と配下の同心二名については、御役御免を申しわたすものとする」

やはり、そうであったか。

覚悟していたこととはいえ、がっくり肩を落とす。

予想以上に、気持ちが萎《な》えてしまう。

澱みきった泥水に浸《つ》かっているような気分だ。

しゅっと衣擦《きぬず》れを響かせ、漆原が膝を躙《にじ》りよせてきた。

「ただし、格別のはからいをもって、西ノ丸御留守居役付《おるすいやくづき》への異動を申しつける」

「へっ」

阿呆のような顔を向けると、漆原は苦笑してみせた。

「主殿頭さまのご配慮じゃ。わしが田沼派であったことを忘れたか」

「へ、へへえ」

額を畳に擦りつけ、桃之進は感謝の意をあらわす。

われながら卑屈にすぎるものの、どんなかたちでも首が繋がったことが素直に嬉しかった。

漆原は恩を着せたいのか、得意気につづけた。

「主殿頭さまは、おぬしらのおかげで溜飲《りゅういん》を下げたと仰せになった。世の趨勢《すうせい》には抗すべくもないが、最後に老骨の意地をみせてやったと大笑なさったらしい」

おそらく、側用人の潮田内膳を介して聞いたはなしであろう。

「お役目に誇りを持て」

漆原は、しみじみと言う。

「金公事方はなくなったが、けっして、おぬしらのやってきたことは無駄ではなかった。救われた者も、あったであろう」

そのことばが身に沁みる。

不覚にも、桃之進は涙ぐんでしまった。

「それと、もうひとつ」

漆原はさらに近づき、声音《こわね》を一段と落とす。

「大きい声では言えぬが、昨日、上様が身罷《みまか》られた」

「ぬえっ」

「しっ、静かにいたせ。上様のご逝去を受け、主殿頭さまは御自らお役を辞されたのじゃ。一橋家の連中は今ごろ、大喜びしておろう。えげつないはなしだが、これがご政道というものよ。わしとて、身の振り方を考えねばならぬ。ともあれ、かように過酷な事態になっても、主殿頭さまはおぬしのことをおぼえておられた。のうらく者でも勤まるお役を、お探しになってくださったのじゃ。これを置き土産《みやげ》とおもうて、新たなお役に精を出すことじゃ」

「ありがたき幸せに存じまするが」

「が、何じゃ。不満でもあるのか」

「いいえ。ただ、西ノ丸の御留守居役と申せば、女手形《おんなてがた》を発行するところにございましょう。それ以外に、お役が浮かびませぬが」

「わしもじゃ。お役の中味まではわからぬ」

「漆原さま」

と、桃之進は情けない顔を向けた。

「配下の同心どもは、どうなりましょうか」

「狸と馬か」

「はい」

「連れていきたいのか」

「できれば」

「難しいな」

「そこを何とか」

漆原はしばし黙り、にやっと意味ありげに笑う。

「盆暮れの付け届けを忘れるなよ」

「無論にござります」

「ならば、勝手にいたすがよい。連れていっても役に立つまいとおもうがな」

「ありがたき幸せに存じまする」

桃之進は、心の底から感謝したくなった。

安島と馬淵の喜ぶ顔が早くみたい。

この日よりのち、月が替わって長月《ながつき》八日になるまで、将軍家治の逝去は内外に秘された。瞬《また》きのあいだに幕閣から田沼派は一掃され、世嗣家斉の、第十一代将軍就任に向けての地ならしが始まった。

若宮玄偉の盛った毒が、家治の死期を早めたのかもしれない。

だが、そのことを指摘する者はおらず、玄偉の死を顧みる者もいなかった。

一橋家の次席家老と配下の剣客《けんかく》は病死とされ、菊乃は悪事を知っていながら訴えなかったことが不埒《ふらち》とされて遠島の沙汰を受けた。

そうしたなか、濡れ衣を着せられた小久保良庵の名誉は、老いた母親にご褒美金を下賜《かし》することで回復される運びとなった。

まだら惚けの母親は、涙を流して喜んだ。

そのすがたが、桃之進には忘れられない。

また、おしゅんには「いくら感謝してもしきれない」と告げられた。

信じた道を進めば、たまにはよいこともある。

進まずに後悔するよりは何倍もいいと、桃之進はおもわずにいられなかった。

# 御赦《おんしや》

# 一

半月後。

西ノ丸の留守居役《るすいやく》は秋山頼母《あきやまたのも》といい、勘定奉行や遠国《おんごく》奉行を歴任した人物だった。旗本筆頭職の大御番頭《おおごばんがしら》まで出世するであろうと目されていたが、長崎奉行に任じられていたとき、豪商たちからの献上金を着服した疑いを掛けられて失脚し、西ノ丸へ左遷《させん》されたらしかった。

ただし、それは噂《うわさ》にすぎぬ。

噂を信じれば莫迦《ばか》をみることは承知しているつもりだ。

職禄《しょくろく》二千石《ごく》とはいうものの、西ノ丸留守居とは行き場を失った大身《たいしん》旗本が配される役にほかならない。要するに、出世街道から外れた老臣の閑職である。したがって、たいした役目も与えられておらず、同役でしかできぬものといえば、武家の女が江戸から他国へ旅に出る際に必要な道中手形を発行することくらいだった。

——入り鉄砲に出女。

古くから謂《い》われるように、江戸から離れる女は厳しく取り締《し》まられ、女手形は命のつぎにだいじなものとして扱われる。

ところが、手続きはさほど難しいものでもなく、願い書の内容が厳密に調べられることもない。無論、関所に控えている人見姿《ひとみばばあ》はおらず、手形発行の審査などあってないようなものだった。

案の定、西ノ丸の詰め所を訪ねてみると、のんびりとした空気が漂っていた。

「こいつは居心地《いごこち》がよさそうだな」

鼻をほじりながら、安島左内が漏《も》らす。

首が繫《つな》がったときは泣いて喜んだはずなのに、喉元過《のどもと》ぎれば熱さを忘れるの諺《ことわざ》どおり、さっそく怠《なま》け癖の虫が疼《うず》いたらしい。

「莫迦者」

叱《しか》りつけてはみたものの、桃之進は自分としても気合いが空回りしそうな予感を抱《いだ》かざるを得なかった。

裃《かみしも》の似合わない馬淵斧次郎は、あいかわらずの無表情で従《つ》いてくる。

三人とも千代田の城内は不案内であったが、案内に立ってくれる者とていない。

詰め所の内を勝手に覗《のぞ》いてみると、女手形発行の願い書が机上《きじょう》で山積みになっているのをみつけた。

にもかかわらず、小役人どもはきびきびと処理する気もない。居眠りをしている上役のかたわらで、下の連中は釣り談議などに興じており、こんな調子ならば「金公事《かねくじ》蔵《ぐら》」と五十歩百歩ではないかと、溜息《ためいき》を吐《つ》くしかなかった。

とりあえずは着任の挨拶《あいさつ》をとおもい、用部屋へおもむいたところ、小役人風の貧相な老臣が応対に出てきた。

「拙者、秋山家の用人で、下村久太郎《しもむらきゅうたろう》と申します。もしや、本日ご着任の葛籠さまとご家来衆であられましょうか」

「さよう」

はなしが一応通っていたので、ほっと肩の荷を降ろす。

肝心《かんじん》の秋山頼母は風邪《かぜ》をひいて出仕していないらしく、仕方なく下村に導かれた控え部屋で待機することとなった。

つぎの日も、そのまたつぎの日も秋山はあらわれず、桃之進たちは殺風景な控え部屋で居心地の悪さを感じつつも、朝から夕刻まで居眠りをしながら過ごすしかなかった。

「これでは蛇の生殺《なまごろ》しでござるな」

安島は妙な喩《たと》えを漏らし、へらへら笑ってみせたが、あまりに暇すぎて笑う気力も湧《わ》いてこない。

そんなふうに何日か過ごしたある日、江戸は朝から土砂降りの大雨に見舞われた。降ったり熄《や》んだりを繰《く》りかえす時雨《しぐれ》ではなく、大粒の雨が途切れる気配もなく降りつづいている。

桃之進は天空に垂れた黒雲を恨《うら》めしげに睨《にら》み、全身ずぶ濡《ぬ》れになって出仕した。

雨は三日降りつづいた。

初日の雨で出仕する者は半分に減り、二日目でさらに半分となった。

留守居役の秋山は出仕する気配もなく、用人の下村も来ない。三日目には安島と馬淵も出仕せず、宿直《とのい》の門番さえすがたをみせなくなった。

桃之進は虚《むな》しい気持ちを抱えたまま、たったひとりで詰め所の前に佇《たたず》んだ。

雨の勢いは衰えを知らず、このころになると荒《あら》川の氾濫《はんらん》や大川の決壊が叫ばれる事態となった。

なるほど、濠《ほり》の水嵩《みずかさ》も尋常ではない。

「出仕どころではないな」

桃之進は異動になっても住みつづけている八丁堀に取って返したが、家では不測の事態に備えて炊《た》きだしをおこなっていた。

「お隣《となり》はちゃっかり、小船を調達してござりますぞ。おまえさまはいったい、何をしておるのじゃ」

母親の勝代に叱られても、役に立ちそうな考えは浮かんでこない。

夕刻、雨が小降りになってきたので安堵《あんど》したところへ、荒川の濁流が千住《せんじゅ》大橋を倒壊させたとの一報が飛びこんできた。

「兄上、これは大変なことになりましたぞ」

浮かれ者の竹之進も、さすがに顔色を変えている。

自分の家のことよりも、柳橋や深川《ふかがわ》にある馴染《なじ》みの茶屋が心配らしい。

さらに日が落ちたころ、鉄砲水で大川が決壊し、霊岸《れいがん》島などの大川端が水浸《みずびた》しになったとの報がはいった。

知りあいのなかには、手荷物を抱えて山《やま》の手《て》へ逃げる者も出てくる。

それから半刻《はんとき》もせぬうちに、西は両国から日本橋まで、東は向島から本所深川の広域にかけてが濁流に呑《の》まれ、ことごとく水没してしまった。

堀川に囲まれた八丁堀一帯も、水責めに見舞われたかのようなありさまである。

家々は軒下《のきした》まで水に浸《つ》かった。

幸いにして雨は熄んだが、桃之進たちは屋根に逃げ、朝まで蒲団《ふとん》にくるまって過ごし、ひたすら水が引くのを待ちつづけた。

隣近所を眺めても、誰もがみな屋根に逃れていた。

龕灯《がんとう》が点々と灯《とも》り、屋根に篝火《かがりび》を焚《た》く者などもあって、夜の静寂《しじま》に溜息を吐きたくなるほどの光景が浮かんだ。それは夢のような光景でもあったが、もちろん、悪夢によってもたらされた幻影にすぎない。

朝になると、ようやく水は引きはじめた。

人々は食べ物などを調達すべく、小船で行き来するしかなかった。

どぶ川や肥溜《こえだ》めも流されたので、まわりは異様な臭気に包まれている。

小船は数が足りず、大勢の者が飢《う》えや渇《かわ》きに耐えながら屋根の上で所在なく過ごした。

桃之進は家の連中が嘆《なげ》き悲しむのを横目にしつつ、屋根の片隅で途方に暮れた。

昼過ぎになり、十人乗りの鯨船《くじらぶね》を使って炊きだしをおこなう殊勝な侍たちがやってきた。

颯爽《さっそう》と船首に立つ人物を見定め、桃之進はあっと叫びそうになる。

何とそれは、狩野結であった。

みずからが師範代をつとめる土岐家の長沼道場から船と門弟たちを借りうけ、人助けに一役買おうと漕《こ》ぎだしたのだ。

「葛籠家のみなさま、だいじはござりませぬか」

結は両手を大きく振り、舳先《へさき》を近づけてくる。

勝代や子どもたちは握り飯や水を分けてもらい、涙を流して喜んだ。

ところが、絹だけは桃之進が結に手を貸して屋根に引きあげたときに何かを感じたらしく、複雑な表情をみせた。

「こうしてはおられぬ」

桃之進は勝代や絹の制止を振りきって、みずからも鯨船に乗りこみ、結とともに水都と化した市中をめぐりはじめた。

惨状は目を覆《おお》いたくなるほどで、連日、幕臣たちも救済に尽力することとなった。城勤めの小役人たちは裃を脱ぎ、市井《しせい》の人々といっしょに泥の搔《か》きだしや瓦礫《がれき》の処理を手伝った。桃之進も家の後片付けは絹たちに任せ、家を失った人々のために炊きだしや身を置くさきの手配などに奔走《ほんそう》した。

困った人々のために汗を搔いた数日間が、桃之進にとっては今まで生きてきたなかで、もっとも充実した日々に感じられた。

安島や馬淵も同様だったらしく、ふたたび西ノ丸の控え部屋で再会したときは、三人とも引き締まった顔に変わっていた。

「これからは、お役に邁進《まいしん》しよう」

などと、柄にもなく誓いあったりもしたが、上役となる秋山頼母のすがたを目にすることはなく、何もせずに初日が終わるころには、三人とも以前の怠け者に戻っていた。

「元の木阿弥《もくあみ》とは、このことにござりますな」

自嘲《じちょう》気味に漏らす安島の台詞《せりふ》が、胸に刺さることもない。

自分たちのような侍ばかりなら、早晩、幕府は立ちゆかなくなるであろう。

「徳川の世も甚《はなは》だ危うい」

桃之進は他人事《ひとごと》のようにつぶやき、驚くほど晴れわたった秋空を恨めしげにみつめた。

二

長月二十三日。

馬淵が刺された。

八丁堀の露地裏で、何者かに鋭利な刃物で腹を刺されたのだ。

致命傷をわずかに外したが、傷は深く、翌朝になっても意識は戻らなかった。

「通りがかりか、待ちぶせか」

報《しら》せに駆けつけた安島は、心配げにつぶやいた。

桃之進は同心長屋に急いでおもむき、ほとんど知らなかった配下の暮らしぶりを垣《かい》間《ま》見ることとなった。

馬淵斧次郎は何年かまえに妻子と別れ、老いた父親とふたりで住んでいた。

七十を超えた父親は惚《ぼ》けが進み、散歩に出ると家へ戻ってこられなくなることもしばしばだという。

夜中に起きて徘徊《はいかい》したりもするので、目を離せなくなっていた。

馬淵が北町奉行所の「金公事蔵」からたびたび消えたのは、父親のことがあったからだと知り、桃之進はしんみりした気持ちにさせられた。

安島は、どうも知っていたらしい。

馬淵に口止めされたのだ。

ともあれ、今は、遠くに住む縁者が父を預かっているという。

馬淵の看病には安島の妻と娘が交替で通っていると知り、桃之進もさっそく絹を手伝いに寄こすことにした。

意識はなかなか戻らず、焦燥《しょうそう》は募るばかりとなった。

命に別状はないという町医者のことばを信じ、馬淵を刺した下手人捜《さが》しのほうも急がねばならない。

一方、西ノ丸での役目は待つこと以外になく、小役人たちには胡散臭《うさんくさ》い目でみられている。あいかわらず、秋山頼母は出仕せず、自分たちが詰め所の「お荷物」になりつつあるのが心苦しかった。

馬淵が意識を失って三日目、看病から戻った絹の口から、昼に美しい武家の女が見舞いに訪れたことを聞いた。

「年の頃は二十四、五、ご姓名とお住まい以外はお聞きしませんでした」

女は馬淵に「ひとかたならぬお世話になった」らしい。

刺されたあとだけに、何かあるなと直感した桃之進は、さっそく女のもとを訪ねてみた。

——杉戸香奈《すぎとかな》。

それが女の名だった。

調べてみると、杉戸家は五百石《こく》取りの中堅旗本で、父の巌右衛門《がんえもん》は五年前まで、旗本の花形として知られる御書院番の組頭に任じられていた。ところが、御役怠慢《たいまん》との理由で小普請《こぶしん》入りを強いられて以来、冷や飯を食わされている。

屋敷は迷路のように露地が錯綜《さくそう》する番町《ばんちょう》の法眼《ほうげん》坂下にあった。

辻番から「大きな枝垂《しだ》れ柳が目印」だと聞いたので、迷わずに訪ねあてる。

長屋門を潜《くぐ》り、飛び石を伝って進み、表玄関の戸を敲《たた》いた。

「お頼み申す、お頼み申す」

大声で呼びあげると、白髪《しらが》のめだつ老い侍が仏頂面《ぶっちょうづら》であらわれた。

「どなたかな」

「葛籠桃之進と申します。西ノ丸の御留守居役付でござりますが、少し前までは北町奉行所の与力を務めておりました」

「北町奉行所」

「はい」

老い侍は、わずかに表情を弛《ゆる》める。

桃之進は、隙間《すきま》を埋めるように問うた。

「ご当主の杉戸巌右衛門さまであられますか」

「そうじゃが、わしに何かご用か」

「香奈さまはご在宅でしょうか。じつは、馬淵斧次郎のことで、お聞きしたいことがございまして」

「えっ」

巌右衛門は驚き、瞳《ひとみ》に警戒の色を滲《にじ》ませる。

「馬淵どのが、どうかなされたのか」

「おや、香奈さまにお聞きでない」

「ふむ、聞いておらぬ」

配下である馬淵が刺されたこと、香奈が見舞いにきてくれたことを告げると、巌右衛門は屋敷のなかへ入れてくれた。

家の調度や萩などの植わった庭の草木は小綺麗《こぎれい》に手入れされており、几帳面《きちょうめん》な家人の性分《しょうぶん》が手に取るようにわかる。妻のすがたはなく、奉公人らしき者の影もない。どうやら、娘とふたりで住んでいるらしかった。

肝心《かんじん》の娘は、虎ノ門の京極《きょうごく》屋敷へ金比羅詣《こんぴらもう》でに出掛けたという。

「金比羅さまへ」

「水の被害は甚大《じんだい》じゃった。金輪際《こんりんざい》、わしは神仏のご加護など信じぬと怒ったが、あれは金比羅さまにお詣《まい》りせねば罰《ばち》が当たると言ってきかぬ。すっかり信心深い娘になりよって」

客間に落ちつくと、巌右衛門は丸茣蓙《まるござ》をすすめてくれた。

「去年の暮れにつれあいを亡くしましてな、申し訳ないが、不味《まず》い茶しか出せぬ」

「すぐにお暇《いとま》いたします。どうかおかまいなく。ところで、さきほど馬淵のことをご存じのようなお口ぶりでございましたが」

「存じておるどころではない。娘にとっては命の恩人じゃ」

「ほう、そのあたりのご事情を教えていただけませぬか」

「ふむ」

巌右衛門は重い口を開き、五年前の出来事を訥々《とつとつ》と語りはじめた。

「娘は出戻りでな、そのころ、とあるご大身《たいしん》の家へ嫁いでおりました。嫁いでまだ半年も経《た》っておらず、初々《ういうい》しさも消えずにいたのに、ある晩、顔を化け物のように腫《は》らして逃げ帰ってきよった」

撲《なぐ》ったのは夫となった男で、役のない大身旗本の次男だった。

市中で香奈に岡惚《おかぼ》れし、三顧《さんこ》の礼をもって縁談を申しこんできたが、巌右衛門は身分不相応だからと断りつづけた。

すると、次男は幕府の要職にあった父親に頼んで根回しをおこなわせた。父親は次男を配下の末期養子にして身分を落とさせ、巌右衛門の上役に圧力を掛けてきたという。

「さすがに断りきれず、とりあえずは本人同士を会わせました。会ってみると見映《みば》えもよいし、存外に悪い男のようではない。娘も異存はないと申すので、めでたく祝言《しゅうげん》をあげたのでござる」

ところが、蓋《ふた》を開けてみると、夫は酒癖の悪い性格のねじくれた男だった。

「まんまと騙《だま》されました」

男は役なしの小普請であることに引け目を感じ、口惜《くちお》しさを酒で紛《まぎ》らわすしか能がなかった。香奈は毎晩のように撲る蹴《け》るの乱暴を受け、それでもしばらくは歯を食いしばって耐えつづけていたらしい。

「拙者《せっしゃ》はそのようなこともつゆ知らず、早く孫の顔がみたいなどと呑気《のんき》に考えておりました」

ところが、物狂いとなった夫は、ついに刀を抜いた。

香奈は命の危うさを感じ、実家へ逃げ帰ったのである。

翌日から、夫の執拗《しつよう》な追及がはじまった。毎日毎晩、大酒を呑んで訪ねてきては、香奈を奪いかえそうとする。夫方の実父や養父も「世間体《せけんてい》があるので嫁を戻せ」と抗議してきたが、巌右衛門は頑《がん》として撥《は》ねつけた。

同時に、上役や目付《めつけ》筋に事情を説いてまわった。

ところが、まともに取りあってくれる者はひとりもいない。

何せ、暴力夫の実家は当主が長崎奉行を当時務める家禄三千石の大身ゆえ、下手《へた》を打てば御役御免になるやもしれぬ。誰もが保身にまわり、理不尽な仕打ちに昂然《こうぜん》と抗《あらが》おうとしなかった。

それどころか、娘を甘やかしている巌右衛門のほうに非があると断じられ、書院番組頭の役を解かれることとなった。

巌右衛門は、口惜しげに声を震わせる。

「三十年掛けて、やっと摑んだお役にござる」

役目に誇りを持っていたので、娘に隠れて男泣きに泣いたという。

そんなある日、見も知らぬ北町奉行所の隠密廻りが、ひょっこり訪ねてきた。

「馬淵斧次郎どのでござる。市中で喧嘩沙汰《けんかざた》があり、大工の見習いがだいじな右手を侍に断たれた。刀を抜いた侍は捕縛したが、酩酊《めいてい》するほど酒を呑んでおりました。呂《ろ》律《れつ》のまわらぬ口で吐いた所在がここだと聞いたので、訪ねてきたのだと仰《おっしゃ》いました」

刀を抜いたのは、酒癖の悪い暴力夫だった。その場にいた者たちの証言では、あきらかに夫のほうに非があった。本人も都合が悪いと判断する頭だけはあったので、自邸ではなしに妻の実家を告げたのだ。

巌右衛門がこれまでの経緯を説くと、馬淵は暴力夫の素姓も行状も理解したうえで、夫を町奉行所の白洲《しらす》で裁くように動いた。

大身旗本の実子だけに、通常であればうやむやにされかねない。

ところが、暴力夫は公平に裁かれ、新島《にい》への遠島という沙汰を下された。

おかげで、香奈は離縁を認められたのだという。

「馬淵どのには、離縁の手続きまでやっていただきました。五年が経った今でも、どれだけ感謝しても足りぬほどの御恩を感じており申す」

頻繁《ひんぱん》に同心長屋を訪れては迷惑だからと、香奈は盆暮れの挨拶だけに留《とど》めているという。おそらく、風の噂で馬淵が凶事に遭《あ》ったことを知り、父にも告げずに見舞いへ参じたのだろう。

遠島になった元夫は、名を野田慶次郎《のだけいじろう》といった。

慶次郎の遠島によって養子先の野田家は断絶となり、実父である有吉采女《ありよしうねめ》は長崎奉行を解任された。それでも、有吉は粘り腰で復活を遂げ、職禄二千石の御普請奉行におさまっている。

「長崎奉行のとき、蔵が建つほど賄賂《わいろ》を貰っておったと聞きました。貯めた金を各所にばらまき、身の保全をはかっていたとも聞いております」

苦々《にがにが》しく吐きすてる元書院番組頭に、桃之進は同情を禁じ得ない。

いまだ還暦の手前だというのが信じられないほど、巌右衛門は老けこんでしまっていた。

三

夕刻、馬淵が目を醒《さ》ましたとの連絡がはいった。

さっそく足を向けてみると、絹や安島たちが枕元に集まっている。

桃之進が身を寄せると、馬淵は安島に手伝わせて半身を引きおこし、苦しげに笑ってみせた。

「ほう、笑った。峠《とうげ》は越えたようだな」

「……ご、ご心配を、お掛けしました」

「無理をするな。ゆっくり休んでおれ」

「そうもしておられませぬ」

馬淵はもぞもぞからだを動かし、立ちあがろうとする。

「阿呆《あほう》」

と、安島が叱《しか》りつけた。

「傷が開くぞ。あと一日、安静にしておれ」

桃之進は身を寄せ、ためらいがちに問うた。

「凶行におよんだ者に、心当たりはないのか」

馬淵は無表情に戻り、首を横に振る。

「ござりませぬ」

「嘘《うそ》を申すな。わしらに迷惑を掛けるからと、案じておるのであろう」

横合いから安島が口を挟む。

「そうなのか。この頑固者め、心当たりがあるなら言うてみろ」

すかさず桃之進が制する。

「ちと、ふたりにしてくれぬか」

安島は溜息を吐き、絹をともなって部屋から出ていった。

縁側を挟んで庭がみえ、ひと叢《むら》の萩《はぎ》が咲いている。

「そう言えば、あそこの庭にも咲いておったな」

ぽつんと漏《も》らすと、馬淵も首を捻《ひね》って萩をみつめる。

桃之進は笑いかけた。

「番町の法眼坂下へ足を運んでな、杉戸家を訪ねたのだ。手入れの行き届いた庭に萩が見事に咲いておった。香奈どのにはお会いできなんだが、父上の巌右衛門どのからはなしを聞くことができた。忘れたとは言わせぬぞ、五年前のはなしだ」

桃之進が事の経緯《いきさつ》をたどるあいだ、馬淵はじっと耳をかたむけつづけた。

「巌右衛門どのは、おぬしのことを『命の恩人』と仰った。香奈どのが見舞いにきたことは存じておろうな」

「奥方さまから、お聞きしました」

「ならば、おぬしを刺した者の顔が浮かんだのではないのか」

面を緊張させる馬淵の反応をみつめ、桃之進はつづけた。

「五年前、香奈どのの夫だった野田慶次郎は刃傷《にんじょう》沙汰を起こし、流人船《るにんせん》で新島に流された。おぬしの尽力で、迅速かつ公正な裁きがおこなわれたからだ」

無論、島送りになった罪人は、二度と江戸の地を踏むことはできぬ。

ただし、ひとつだけ戻ってくる道があった。

「御赦《おんしゃ》だ」

将軍の死去と法要、代替わりなどがあったとき、島送りの罪人に与えられる格別なはからいのことだ。このたびも第十代将軍家治の逝去が公表されると、その死を悼《いた》んでさっそく慣例どおり、御赦の触れが公表された。

「調べてみると、御赦で戻される者のなかに、野田慶次郎の名もあった。つまり、二十三日の時点で江戸に戻っていたのかもしれぬと、おぬしは察したのであろう。慶次郎はおぬしに、尋常ならざる恨みを抱いておる。それゆえ、江戸に戻って早々、意趣返しにおよんだのではないか。どうだ、そう推察したのであろう」

馬淵は観念したのか、力なくうなずいた。

「されどな」

と言い、桃之進は乾いた唇を舐《な》める。

「このはなしには、つづきがある。十五日に新島を出航したはずの流人船は、十一里《り》弱の航程にもかかわらず、いまだ下田《しもだ》にも達しておらぬらしい」

「えっ」

「驚いたようだな。例の大雨で流人船は時化《しけ》に巻きこまれ、海の藻屑《もくず》と消えた。少なくとも、出迎えの連中はそう考えておる。まだはっきりとせぬが、船が沈んだとすれば、当然のごとく、慶次郎は江戸に戻ってこられぬ。したがって、おぬしのみたては誤っているということにならぬか」

野田慶次郎が死んでくれたとすれば、杉戸香奈が意趣返しに見舞われる恐れもなくなる。

そう考えたのか、馬淵は安堵《あんど》の表情をみせた。

「やはり、香奈どののことを案じておったのだな」

「……は、はい」

「おぬし、どうおもっておるのだ」

「どうとは」

「たとえばのはなしだが、香奈どのと所帯を持つとか」

「あり得ませぬ」

馬淵はきっぱりと言いきり、口を貝のように噤《つぐ》む。

これ以上は聞く耳を持たぬという意思表示であろう。

おそらく、徘徊までしはじめた実父のことが頭にあるにちがいない。

馬淵家の嫁になれば、父親の面倒をみる役目を課すことになる。

それはあまりに酷だと、馬面なりに気を遣《つか》っているのだ。

とは言うものの、このたびの凶行で馬淵と香奈の関わりがいっそう深まったのは確かだ。

「皮肉なはなしだがな」

ぽつんとこぼし、夕風に揺れる萩をみつめる。

「そう言えば、御留守居役の秋山頼母さまにはお会いになられましたか」

馬淵の問いかけに、桃之進は首を振った。

四

流人船の沈没は噂にすぎぬものの、桃之進の頭から野田慶次郎という名が消えたことは確かだ。

おかげで、馬淵を刺した下手人捜しは暗礁《あんしょう》に乗りあげた。

桃之進は煮えきらぬ気分のまま、西ノ丸の詰め所へ出仕した。

あいかわらず秋山頼母は出仕していなかったが、同家用人の下村久太郎に声を掛けられた。

「葛籠どの、お暇なら、しばらく普請方の助《すけ》っ人《と》に出向いてくださらぬか」

「それはかまいませぬが、ここを空《あ》けてもよろしいので」

「空けたところで、誰も困りませぬ。ご存じのとおり、水害で市中は甚大な被害をこうむった。大川端に土嚢《どのう》を積み、早急に堰《せき》を築かねばならぬ。ところが、人手不足でおもうようにはかどっておらぬようで」

普請方は猫の手も借りたいほどだという。

「葛籠さま、誤解せんでくだされ。拙者は土嚢積みをお願いしておるのではない。黒《くろ》鍬者《くわもの》たちが怠《なま》けぬよう、見張りをお頼み申しあげたいのだ」

要するに、大川端に立っているだけでよい役目らしい。

「下村どの、それも御留守居役付のお役目と考えてよろしいので」

「無論でござる。わが殿は、おおらかなお人柄であられます。どんなお役目に就いたところで、それが江戸庶民のためになるのであれば、けっして咎《とが》めだてはいたしませぬ。しばらく非番ということで、ひとつお願いいたす」

下村は胸を張り、片目を瞑《つぶ》ってみせる。

桃之進は腰をあげ、別の部屋に待機していた安島にも声を掛け、さっそく指図された大川端へ向かった。

やってきたのは霊岸島だ。

なるほど、黒鍬者らしき男たちが、土嚢積みに精を出している。

川端に架設された丸太小屋に顔を出してみると、小頭《こがしら》らしき連中が三人で酒を酌《く》みかわしていた。

縄張りに踏みこんできた桃之進と安島をみつけ、ぐっと睨《にら》みを利《き》かせる。

「何じゃ、おぬしらは」

横柄な態度にたじろぎつつも、桃之進は名乗った。

「拙者は葛籠桃之進。西ノ丸から助勢にまいった」

「もしや、与力どのでござりますか」

「そうだが」

「これはご無礼を」

自分たちより目上と判断するや、三人とも途端にぺこぺこしだす。

「堅苦しい挨拶は抜きにしよう。それより、何をいたせばよいのか教えてくれ」

小頭たちは顔をみあわせ、首をかしげる。

安島が業《ごう》を煮やし、声を荒らげた。

「土嚢積みでも何でもするぞ。ほれ、遠慮するな」

「それならば」

と、ひとりが身を乗りだしてきた。

「うるさがたのお相手でも、お願いいたしましょうか」

右の提案に、ほかの連中は膝を打つ。

「そりゃ、よい考えじゃ」

「うるさがたとは、誰のことかな」

桃之進の問いかけには、別のひとりがこたえた。

「南町奉行所の町会所廻《まちかいしょまわ》りが、夕方になると必ずやってまいります。やたらに威張りちらす嫌な同心でしてね」

一度でよいから、ぎゃふんと言わせてやりたいらしい。

「そのはなし、請《う》けおうのは吝《やぶさ》かでないが、落ち度のない者を責めるわけにはいかぬぞ」

「ここいら辺一帯を仕切る地主の嘉介《かすけ》とつるんで、夜な夜な大川に九間一丸《くまいちまる》を浮かべては芸者遊びに興じておりますよ」

「怪《け》しからん。川端では夜を徹して土嚢積みがおこなわれているというのに、自分たちだけは船遊びとはな」

「仰るとおりにござります。ただし、相手は十手《じって》持ちでござりますから、下手に文句も言えませぬ」

どうやら、小頭たちを束《たば》ねる組頭も嘉介にとりこまれたらしかった。そのことも、下の連中の不満を煽《あお》っている。

「ほら、噂をすれば何とやら。小銀杏髷《こいちょうまげ》がやって来ましたぞ」

黒羽織を纏《まと》った役人が、小屋の外で小者を叱りつけている。

「あの野郎、誰かとおもえば、猪狩主水《いかりもんど》じゃねえか」

安島が、ぺっと唾《つば》を吐いた。

北と南で奉行所はちがっても、悪事を嗅《か》ぎまわるのが商売の同心同士、知らぬ仲ではない。

「あやつ、以前は隠密廻りに任じられておりました。お察しのとおり、不浄役人の見本でござります。悪党とつるんで目こぼし代は取るし、袖《そで》の下を寄こさぬ者はしょっ引いて責め苦を与えたりもする。貧乏人を泣かせても、屁《へ》ともおもわない。こうして霊岸島に通ってくるのも、金の匂《にお》いを嗅いだからにきまっております」

桃之進は声を殺した。

「過去に因縁《いんねん》でもあるのか」

「拙者ではなく、馬淵のほうが因縁は深《ふこ》うござりましてね」

「なるほど、そいつはあとでじっくり聞こう」

ふたりして小屋の外へ出ると、安島をさらに肥《ふと》らせた巨漢が薄笑いを浮かべ、ゆったり足を運んでくる。

「これはこれは、安島左内じゃねえか。おめえ、生きていやがったのか」

「ふん、ご挨拶だな。あいかわらず、反吐《へど》が出そうな面《つら》しやがって」

「面じゃ、おめえも負けてねえぜ。腕を折られたくなかったら、口を噤むんだな」

「ああ、噤んでやる。金輪際、おめえとは口なんぞ利かねえよ」

「うけけ、あいかわらず、蛸《たこ》みてえに脳味噌《のうみそ》のねえ野郎だな。そう言えば、おめえ、北町奉行所を逐《お》われたんだろう」

「余計なお世話だ」

「相棒の馬淵斧次郎が刺されたらしいな。ふん、ざまあみろってんだ」

「刺されたのを、何でおめえが知ってんだ」

鋭い問いにも、猪狩は表情を変えない。

「八丁堀に暮らす野郎なら、誰だって知っているさ。馬淵はほんで、生きてんのか」

「ああ、生きてるよ。残念だったな。おめえ、馬淵をまだ恨んでいやがるのか」

安島が睨みつけると、猪狩は目を逸《そ》らす。

「むかしのはなしさ。ひょっとして、おれさまを疑ってんのか。ふへへ、とんだお門《かど》違《ちが》いだぜ。でえいち、おれなら確実に息の根を止めていたからな」

「こやつめ」

刀を抜こうとする安島を、桃之進が止めた。

猪狩がこちらに注目し、値踏みするように睨《ね》めつける。

「安島、そちらは」

「与力の葛籠桃之進さまだ」

「ひょっとして、のうらく者か」

うっかり口を滑らせ、猪狩はぺろっと舌を出す。

すかさず、桃之進は気転をはたらかせた。

「おぬしだけに甘い汁は吸わせせぬぞ」

「えっ」

「今夜、船に乗せろ。部屋が十もある九間一丸にな」

猪狩は桃之進に一歩近づき、まじまじと顔を眺めてくる。

「のうらくどの、悪党と呉越同舟《ごえつどうしゅう》になりてえなら、いつでもどうぞ」

自信満々に吐かれた台詞《せりふ》が、怒りの火口に火を点《つ》ける。

後ろから、安島の歯軋《はぎし》りが聞こえてきた。

# 五

猪狩主水は「呉越同舟」という台詞を繰《く》りかえした。「おまえらも、悪に染まる覚悟があるなら船に乗れ」という意味だ。

猪狩を嫌う安島は抗ったが、桃之進は平然と船に乗った。

九間一丸とは、十の畳部屋を持った巨大遊覧船のことだ。

船の持ち主は地主の嘉介で、本来の商売は金貸しである。

毎晩のように芸者を呼んで大川に遊覧船を繰りだしては、金を湯水のように浪費していた。心ある人々からは顰蹙《ひんしゅく》を買っているものの、陽《ひ》の高いうちは同じ船に水や食料を積んで、困った人たちに分け与えているという。

騙された連中のなかには「世直し大明神」と呼ぶ者もあった。

二年前の三月、当時若年寄だった、田沼意次の長子意知が城中で刺されたときも、凶行におよんだ新番士《しんばんし》の佐野政言《さのまさこと》は、御政道に不満を持つ庶民から「世直し大明神」と持ちあげられた。世間の評判ほど当てにならぬものはない。

嘉介はあきらかに、善行を隠れ蓑《みの》にする質《たち》の悪い輩《やから》だ。

一見すれば、悪人であることはすぐにわかる。からだつきはぼてっと肥り、面相は深海に潜《ひそ》む提灯鮟鱇《ちょうちんあんこう》のようだった。

見掛けで人を判断すべきではないが、人の良し悪しは表情や仕種《しぐさ》にあらわれる。そうした流れで言えば、猪狩も悪人にしかみえない。

聞けば、猪狩に声を掛けられた小役人たちが、連夜のように嘉介の船に乗せられているという。川の上で呑めや歌えやの乱痴気騒ぎを繰りひろげ、すっかり嘉介に取りこまれてしまうらしかった。

桃之進への待遇も、そうした連中と大差ない。

嘉介はお調子者の幇間《ほうかん》よろしく、にこにこしながら擦《す》りよってくる。

「よくぞお越しくだされました。川普請のお手伝い、ご苦労さまにございます。ささ、魂《たましい》の洗濯をなされませ。今宵《こよい》は老いも若きも無礼講、船の上では身分の差などござりませぬ」

桃之進は上等な酒を呑まされ、芸者の白粉《おしろい》や嬌声《きょうせい》に囲まれながら、すっかりいい気分にさせられた。

月を水先案内に立てて向島まで遠出し、戻ってきたときは真夜中になっている。

桟橋《さんばし》に降りる段になると、土産《みやげ》に菓子折をひとつずつ手渡された。

あとで開けてみると、桃之進のほうには五両、安島のほうには三両の小判が隠されていた。

「くかか、これはまいった。毒の水を呑まされちまった」

嬉しがる安島を叱りつけ、明日になったら返しておけと、菓子折を押しつける。

安島は残念がりながらも、馬淵と猪狩のあいだに確執があったことを口にした。

「もしかしたら、馬淵が刺されたことと関わりがあるかもしれませぬぞ」

ただ、確執の中味は知らぬというので本人に質《ただ》してみようとおもい、翌朝、かなり早い刻限ではあったが、馬淵のもとを訪ねてみた。

するとそこに、見目麗《うるわ》しい武家女が見舞いにきていた。

馬淵は床から起きだしており、武家女を恥ずかしそうに紹介した。

「こちらは、杉戸香奈さまであられます」

「ほう、これはこれは」

桃之進は不意討ちを食った鳩《はと》のように目を丸め、みずからの素姓を告げる。

「もしや、父とおはなしいただきましたか」

「いかにも。失礼ながら、お父上とは馬が合い申した」

「父も同様のことを申しておりました。久方ぶりに他人様《ひとさま》とおはなしができ、たいそう喜んでおりました。まことにありがとうございます」

「礼を言わねばならぬのは、こちらのほうだ」

桃之進がはにかむ様子を、馬淵は不思議そうに眺めている。

香奈が早々に辞去したので、桃之進はほっと肩の力を抜いた。

「あの娘、わしがみたところ、おぬしにほの字だぞ」

真剣な眼差《まなざ》しを向けると、馬淵は苦笑する。

「戯《ざ》れ言《ごと》はおやめください」

「いいや。ひと押しかふた押しすれば、容易に落とすことができるぞ。ふふ、おぬしが羨《うらや》ましいな」

「香奈さまにご無礼でござろう」

馬淵はめずらしく声を荒らげ、口を尖《とが》らせた。

「まあまあ、機嫌を直せ」

桃之進はからかい半分になだめすかし、肝心《かんじん》の用件を口にする。

「昨日、下村どのに頼まれて普請方の手伝いに参じたら、大川端で巨漢の町会所廻りと出会《でくわ》してな。猪狩主水なる同心だ」

刹那《せつな》、馬淵は眉《まゆ》をひそめる。

「やはり、安島が言ったとおり、因縁のある相手らしいな。よければ、確執とやらをはなしてくれぬか」

「別に隠すようなことではござりませぬ」

今から四年前、馬淵は内与力からの密命を帯び、とある藩の抜け荷を調べていた。そのとき、南町奉行所も別の筋から抜け荷の探索におよんでおり、任されていたのが猪狩であった。当時は町会所廻りではなく隠密廻りだったという。

ふたりはこの一件でおたがいを知ることとなり、本来ならば協力すべきところ、まったく逆の道をたどることとなった。すなわち、役目に殉《じゅん》じる覚悟で真相に迫ろうとする馬淵にたいして、猪狩は敵方に取りいって巧《たく》みに甘い汁を吸いはじめた。

やがて、馬淵の探索で敵方の悪事は露見し、何人もの藩士が詰め腹を切らされた。甘い汁を吸えなくなった猪狩は、手柄をあげた馬淵にひとかたならぬ恨みを抱《いだ》いたというのである。

「逆恨みではないか」

「たしかにそうです。されど、猪狩にまっとうな考えは通用しませぬ。あやつは堂々と吐《ぬ》かしました。『悪に染まって泥水を啜《すす》らねば、隠密廻りなんぞは勤まらぬ』と。

拙者はそうはおもいませぬ。不浄役人が正義の二文字を忘れてしまえば、人でなしの獣と化すしかない」

「ふふ、人でなしの獣か」

「いかにも。それが猪狩にござります。されど、あのとき以来、顔を合わせたこともありません。四年もむかしのことゆえ、今さら拙者の命を狙うでしょうか。ただ、ひとつだけ気になることが」

「何だ」

「猪狩ではなく、地主の嘉介について、妙な噂を耳にいたしました」

　鉄砲水で江戸市中が甚大な被害をこうむった直後のことだという。

「嘉介が町入用《ちょうにゅうよう》を隠匿したのではないかという噂にござります」

　町入用とは、地主が大家を通じて町民たちから集める自治運営費のことだ。一部は災害や飢饉《ききん》の備えどして幕府に差しだすことになっている。嘉介はたいせつな町入用を、蔵ごと水に流してしまったと訴えたらしかった。

「じつは、知りあいの大家から、嘉介の訴えがまことかどうか、調べてほしいと頼まれておりました」

　桃之進はうなずいた。

「馬淵よ、それかもしれぬぞ。おぬしが動きだしたのを知り、嘉介は警戒を強めた。猪狩を使って、先手を打たせたのかもしれぬ」

「はたして、そうでしょうか。たしかに、猪狩は甲源一刀流《こうげんいっとう》の免状持ちでござりますが、拙者を待ち伏せにして刺すだけの力量があるとはおもえませぬ。だいいち、慎重なあやつが、そうした無謀な手に出るとはおもえぬのでござる」

「四年経てば、人も変わるさ」

「はあ」

いずれにしろ、猪狩と嘉介をじっくり調べてみる価値はありそうだと、桃之進はおもった。

六

嘉介が町入用を隠匿したかどうかについては、北町奉行所のほうでも調べていた。それがわかったのは、龍神一味の件で恩を売った与力青山泰造からの情報である。青山は風烈見廻《ふうれつみまわ》りから町会所見廻りに異動となり、とかく悪しき噂のある嘉介のことを嗅ぎまわっていた。

ふたりは、飯田橋《いいだばし》はもちの木坂下《き》にある『軍鶏源《しやもげん》』で落ちあった。

酒を酌《く》みかわすふたりの面前では、鍋がぐつぐつ音を立てている。

「ほう、美味《うま》そうな湯気の香りだな」

相好《そうごう》をくずす青山に、桃之進は笑いかけた。

「さようでござろう。ここは、格別に親しい相手にしか教えぬことに決めておりましてな」

「それは光栄にござる」

ぺこりと頭をさげた青山に、桃之進は自慢しはじめる。

「なにせ、出汁《だし》の取り方が上手い。昆布を敷き、鶏《とり》がらや生姜《しょうが》などと煮込んでつくった出汁でござる」

「それは楽しみだな」

「もちろん、肝心の軍鶏はしめたばかりのやつでござる」

大笊《おおざる》に盛られた野菜のほうも、大根《だいこん》、里芋《さといも》、椎茸《しいたけ》と揃《そろ》い、具だくさんだ。

一杯目を深皿にとりわけてやると、青山はずるっと汁を啜った。

「うはっ、これはいける。食通の葛籠どのがお薦《すす》めになるだけのことはある」

「食通などではござらぬ。ほれ、肉もどうぞ」

「されば」

青山は熱々の軍鶏肉を頬張り、熱いのか美味いのか、目を白黒させる。

「葛籠どの、絶品でござる。いやはや、よい見世を紹介していただいた」

ふたりとも腹が減っていたので、ろくに喋りもせずに鍋を突っついた。

ようやく腹も落ちついたところで、桃之進が温燗《ぬるかん》の剣菱《けんびし》がはいった銚釐《ちろり》をかたむける。

「ところで、嘉介の件でござるが。噂どおり、黒でしょうか」

「ふむ」

青山は赭《あか》ら顔で盃《さかずき》を干し、じっくりうなずいてみせた。

「鉄砲水に託《かこつ》けて、嘉介が町入用を着服したのは、ほぼまちがいござらぬ」

川端に建っていた嘉介の蔵は根こそぎ流されてしまったが、流される直前に金目のものはすべて運びだされていたらしい。

「雇われた人足たちの証言がござる。連中は嘉介から、口止め料を摑まされておりました」

「なあるほど」

「じつは、この件については根が深そうなので、定町廻りにも助勢を請い、若手に探索を依頼しておりましてね」

青山はにやりと笑い、ぱんぱんと手を叩《たた》いた。

そこへ、ひょっこり顔を出したのは轟三郎兵衛である。

「なあんだ、おぬしか」

「拙者で悪うござりましたな」

見違えるように凜々《りり》しくなった三郎兵衛を眺め、桃之進は目を細めた。

三郎兵衛は勝手に鍋の具を追加注文し、親しげな笑みをかたむける。

「葛籠さま、西ノ丸の居心地はいかがですか」

「梅雨《つゆ》でもないのに、腐りかけておるわ」

「ぬふふ、それでは金公事蔵といっしょではござりませぬか」

「ああ、そうだ。暇すぎると、人は駄目になる」

「今よりもっと駄目になったら、お払い箱にされても文句は言えませぬな」

「おいおい、ずいぶんだな。関わりがなくなったら、その言いようか」

三郎兵衛にはどんな悪口を叩かれても、いっこうに腹が立たない。

じゃれ合うふたりを眺め、青山はさもおもしろそうに笑う。

桃之進は鍋の残りをごっそり椀《わん》に盛り、目のまえに差しだしてやった。

「ところで、三郎兵衛。町入用のことだが、おぬしはどこまで調べあげておるのだ」

「すでにお聞きおよびかと存じますが、首謀者は嘉介にござります。町会所廻りの猪狩主水は自慢の鼻で悪事を嗅ぎつけ、例によって取り締まるのではなく、片棒を担ぐことにした。まあ、そんなところでしょう」

「何故、嘉介に縄を打たぬ。猪狩の重石《おもし》が効《き》いておるからか」

「たしかに、それもござります。されど、嘉介は猪狩なんぞより、もっと大物と通じておりましてな」

「誰だ」

「ふふ、誰だとおもいます」

三郎兵衛はおもわせぶりに間を置き、青山に目顔で合図を送った。

教えてもよいかどうか、了解を求めたのだ。

「言いづらいのであれば、わしの口から申しあげよう」

青山は桃之進に銚釐をかたむけ、声をひそめた。

「御普請奉行の有吉采女さまだ」

「ん、もう一度、お願いいたす」

「有吉采女さまだが、それが何か」

桃之進は驚くと同時に、切なそうに溜息を吐いた。

「馬淵が刺された件は、すでにご存じかとおもいます。じつは、あやつのもとへ見舞いに訪れた武家女がおりましてな、元書院番組頭の娘で杉戸香奈と申します」

桃之進は馬淵と香奈の関わりを説き、五年前に遠島になった香奈の元夫の実父こそが有吉采女なのだと告げた。

青山は目を丸める。

「これは驚いた。奇縁と言えば、これほどの奇縁もござるまい」

「たしかに」

一方、三郎兵衛は困惑を隠せない。

「有吉さまは何度となく、九間一丸に招じられております。嘉介から裏金が流れているのはあきらかで、おそらく、町入用のことも知っていながら見過ごしておられるのでしょう。ただし、今のところ、それを証明する手だてはない」

青山も同調する。

「大物すぎる。われわれ町方風情《ふぜい》の手が及ぶ相手ではござらぬ」

かりに、不正の証拠があがったとしても、調べの途中で上から圧力を掛けられるにきまっている。

それでも、桃之進はあきらめようとしなかった。

「嘉介の証言だけでは無理かもしれぬが、十手を預かる猪狩主水を落とすことができれば、さすがの御普請奉行も逃れられまい」

三郎兵衛が食ってかかる。

「そうは仰いますが、猪狩を落とす策でもおありなのですか」

「策などいらぬ。三日も責め苦を与えつづければ、たいていの者は落ちる。おぬしたちは、同じ十手を持つ相手だけにやりにくかろう。されど、わしならばできる。町奉行所とは、これっぽっちも関わりがないからな」

「葛籠さまらしくもない、強硬な手のようにおもわれますが」

「失敗《しく》じるとでも申すのか」

「少なくとも、拙者は失敗じるほうに賭けます」

三郎兵衛の不安はわからんでもないが、悪事の筋がはっきりしたら、桃之進は猪狩を捕まえようとおもった。

「馬淵さんのためですか」

「それもある。だが、それだけではないぞ、三郎兵衛」

「まさか、正義を貫《つらぬ》くためとでも」

「青いか」

「いいえ。拙者も日頃から、青いのが好もしいと感じております。青山さまは、いかがでござりますか」

「無論だ。捕り方に青いやつがおらねば、江戸は悪党ばかりになっちまう。何よりも許せねえのは、偉そうな顔をして十手をみせびらかす野郎さ」

酒を呑んでいるとはいえ、冷静な青山が怪気炎を吐いている。

一方、三郎兵衛は餓《う》えた狼《おおかみ》のように、軍鶏肉にかぶりついた。

桃之進は、何やら痛快でたまらない。

やがて、話題は上役の悪口や役目への不満に変わった。

年番方筆頭与力の漆原帯刀を罵倒《ばとう》したりしながら、三人は真夜中過ぎまで痛飲し、管《くだ》を巻きつづけた。

七

三人が『軍鶏源』に集《つど》っていたころ、大川を遊覧する九間一丸が沈んだ。

芸者や幇間など乗船する者たちの多くが溺《おぼ》れ、船頭《せんどう》などの何人かは自力で岸辺に泳ぎついた。

嘉介は助からなかった。

翌朝、本所の百本杭に流れついた屍骸《しがい》には、刃物で刺された傷痕《きずあと》が見受けられた。

桃之進は宿酔《ふつかよ》いで吐き気を催しつつも、わざわざ検屍におもむき、自分の目で刺し傷を確かめた。

刺された箇所も傷の深さも、馬淵のものとよく似ていた。

唯一、異《こと》なるところは、それが致命傷になったという点だけだ。

桃之進は三郎兵衛と安島に命じて、自力で助かった者たちを探させた。

当面は西ノ丸に登城する必要がないので、探索に集中できる。

安島が探しあてた船頭の証言によれば、九間一丸は大川のまんなかで、突如、暗礁に乗りあげたようになったという。

「気づいたときには、船体がまんなかでちぎれかけていたとか」

鯨船のような船首の尖った船が、漆黒《しっこく》の闇《やみ》から灯《あか》りも点《つ》けずにあらわれ、いきなり横腹に激突してきた。

「外海でもあるまいに、五、六人の海賊どもが乗りうつってきて、刀や段平《だんびら》を振りまわしたとも聞きました」

修羅場《しゅらば》となった船中で、嘉介は賊のひとりに刺されたのだ。

暗い船上でのことゆえ、どんな連中であったかは、さすがの船頭もはっきりと説明できなかった。

岸に流れついたほかの屍骸を調べても、刃物傷はなかったという。

かりに、嘉介ひとりの命を狙った凶行だったとすれば、ずいぶん手荒なまねにおよんだと言わざるを得ない。

「いったい、誰がそのようなことを」

肝心の問いには、酒臭い三郎兵衛が応じた。

「いつも乗っているはずの猪狩が、昨晩にかぎっては乗っておりませんでした。しかも、ぶつかってきたのが鯨船だとすれば、仲間の橋廻り同心に頼んで借りることもできたはず」

「されど、猪狩にとって、嘉介は打ち出の小槌《こづち》だ。嘉介を亡き者にする理由が、いったいどこにある」

「分け前のことで揉《も》めていたらしいですよ」

気が短い猪狩が頭に血を昇らせ、凶行におよんだ。

たしかに、筋は通らぬでもない。

ともあれ、猪狩を交替で見張ることにした。

二日目の夜。

桃之進は猪狩を尾行し、音羽《おとわ》までやってきた。

柳橋や深川の茶屋街は水害のせいで眠ったようになったので、乙な芸者遊びのできるところとして、音羽に遊び人の足が向いていた。

遊び人が集まるところには、かならず質の悪い不浄役人のすがたがある。

猪狩は茶屋を梯子《はしご》して只酒《ただざけ》を啖《くら》い、千鳥足で露地を歩きはじめた。

「ふん、いい気なものだ」

軒行灯《のきあんどん》が黒板塀に沿って、点々と灯っている。

猪狩は立ちどまり、裾《すそ》をもぞもぞ捲《まく》りあげ、黒板塀に向かって小便を弾《はじ》きだした。

「ちっ」

桃之進は舌打ちをかます。

いっしょにいるはずの安島は、娘が高い熱を出したので来られなくなった。

別に心細くはなかったが、いざとなれば猪狩と斬りあわねばならぬので、自然と肩に力がはいってくる。

三郎兵衛によれば、猪狩は甲源一刀流の免状持ちらしかった。

手練《てだれ》の馬淵を刺した下手人かもしれぬゆえ、油断はできない。

だが、今宵の猪狩はあまりに無防備で、まんがいち刺客《しかく》が狙うとすれば、好餌《こうじ》と映《うつ》るにちがいなかった。

「あの様子なら、目を瞑ってでも仕留められそうだな」

長い小便が終わり、猪狩はのっそり歩きだす。

まるで、熊のようだった。

四つ辻には、月の光が射《さ》している。

間合いは半町《ちょう》ほどか、表情まではみえない。

見失わぬぎりぎりのところだ。

桃之進は間合いを詰めるべく、足を速めた。

そのとき。

猪狩が声を張った。

「何やつ」

暗がりの狭間《はざま》に、きらりと光るものがある。

白刃《はくじん》だと察し、桃之進は駆けだした。

「ぬぎゃっ」

断末魔《だんまつま》の悲鳴が聞こえた。

仰向《あおむ》けに倒れたのは猪狩だ。

四肢をぷるぷる痙攣《けいれん》させている。

すぐそばに、黒ずくめの人物が蹲《うずくま》っていた。

三白眼《さんぱくがん》で、こちらを睨みつけている。

「死に神か」

本気でそうおもった。

顔じゅうに墨を塗っているので、面相はわからない。

骨と皮ばかりに痩《や》せた男だ。

「ぬおっ」

桃之進は抜刀し、上段に構えた。

男はくるっと踵《きびす》を返し、旋風《つむじかぜ》のように消えてしまう。

「待て」

追おうとしたが、焦りすぎて足許《あしもと》の猪狩に躓《つまず》いた。

「うわっ」

桃之進は地べたに転がる。

かたわらの猪狩は腹を刺されており、こときれていた。

一刀で肝《かん》ノ臓を剔《えぐ》られたのだ。

「くそっ」

馬淵や嘉介を刺した下手人にちがいない。

「悪夢のつづきをみておるのか」

桃之進の脳裏《のうり》に、ふたたび野田慶次郎という名が浮かんできた。

## 八

八丁堀、自邸。

「あの死に神は誰だ」

おもいだすだけでも背筋に悪寒が走る。

鬱々《うつうつ》と考えこむ桃之進のもとへ、翌朝、由々しい一報がもたらされた。

海の藻屑と消えたはずの流人がひとり、江戸に舞いもどってきたのだ。

驚くべき一報をもたらしたのは三郎兵衛であった。

中庭から勝手にはいってきて縁側に座るなり、喉《のど》が渇いたというので、桃之進みずから水を汲《く》んで出してやる。

「それで、戻ってきたのは誰だ」

「鯰髭《なまずひげ》の権六《ごんろく》という、けちな盗人《ぬすっと》です。すっかり気落ちしていた古女房と、涙の再会を果たしました」

再会の場面を頭に描き、感激屋の三郎兵衛は涙ぐむ。

桃之進はいらだちを抑え、さきを促《うなが》す。

「本人に会ってきたんだな」

「はい。神田の棟割長屋へ行ってきましたよ」

権六によれば、御赦の出た罪人たちを乗せた流人船は、下田沖で高波に襲われてひっくり返ったという。一度は復元したものの、随所に破孔が生じていたので、何人かは積んであった小船に移乗した。

「流人船はしばらくして海没し、小船に乗った連中だけが何日か漂流したあげく、浦《うら》賀《が》の浜にたどりついたそうです」

「助かったのは何人だ」

「権六を除けば、六人だったとか」

いずれも札付きの兇状持ちばかりで、無事に帰りついたら島流しにしたやつらに仕返しをしてやると、息巻く者もあったらしい。

「そのなかに、野田慶次郎はおったのか」

「わかりません。権六は生きのびるのに必死で、他人の素姓を気にしている暇はなかったと申しました」

「慶次郎が六人のなかにおったとすれば、札付きの連中とつるんでいることも考えられるな」

「九間一丸の土手っ腹にぶつかってきた連中はたしか、五、六人だったという証言もありました。流人どもかもしれません」

鯰髭の権六だけは、待ってくれている古女房がいた。ほかの連中はいなかったとなれば、野に放たれた獣も同然となろう。

「厄介だな」

桃之進は溜息を吐いた。

そこへ、訪ねてくる者があった。

玄関先へ出てみると、顔面蒼白の老いた侍が立っている。

杉戸巌右衛門であった。

「葛籠どの、娘が……む、娘の香奈が、行方知れずになりました」

「何ですと」

桃之進は我を忘れ、巌右衛門の襟《えり》を摑む勢いで質す。

「おられなくなったのは、いつのはなしです」

「昨夕、金比羅詣でにいったきり、朝になっても帰ってこぬのでござる」

巌右衛門は一晩中、たったひとりで駆けずりまわり、娘の行きそうなところはすべて訪ねてみたという。

精も根も尽き果て、気づいてみたら八丁堀に足を運んでいたのだ。

桃之進は叱りつけた。

「どうして、昨夜のうちに来ていただけなかったのですか」

「……ご、ご迷惑を掛けるわけにはまいらぬ。そう、おもいました。されど、ほかに頼る方もおりませぬ。どうか、娘を捜していただけませぬか」

土間に両手をついて頼まれ、桃之進は心を揺さぶられた。

きっと、何とかする。娘は生きて戻してやると、胸の裡《うち》に繰りかえす。

「巌右衛門どの、何か、当てのようなものは」

「金比羅さまの参道で、おなごの悲鳴を聞いた香具師《やし》がおりました。とんでもない速さで走りさる駕籠《かご》をみかけた者もおりましてな……そ、それが香奈なら、何者かに拐《かどわ》かされたのやも」

まちがいない。香奈は拐かされたのだ。

「ああ、やはり。されど、誰がそんなことを」

「巌右衛門どの、心してお聞きなされ」

生唾を呑む父親を、桃之進は強い目でみつめた。

「おそらく、野田慶次郎は生きております。海没寸前の流人船から逃れ、生きのびたにちがいない」

「……ま、まさか」

「悪運の強い男でござる。馬淵を刺したのも、慶次郎にまちがいない。そして、香奈どのを拐かしたのも」

「あやつめ」

巌右衛門はぎりっと奥歯を嚙《か》みしめ、怒りで拳《こぶし》を震わせる。

桃之進は冷静になろうとして、口を真一文字に結んだ。

みたての甘さにたいする反省と口惜しさがある。

ただ、慶次郎が香奈に未練を感じているとすれば、簡単に命を奪わないのではないかともおもった。

「巌右衛門どの、望みを捨ててはなりませぬ」

そのことばは、自分への励ましでもある。

巌右衛門は、もういちど心当たりを捜してみると言いのこし、急ぎ足でいなくなった。

正午を過ぎてから、小紋《こもん》を纏った絹が帰ってきた。

「馬淵どののご様子を窺《うかが》いにいってまいりました」

「おう、どうであった」

「ずいぶん、おかげんもよろしいようで、今日は少し外を歩きたいと仰いました。手をお貸ししましょうかと申しでたところ、それにはおよびませぬと恐縮なさったもので、早々にお暇《いとま》してまいりました」

桃之進は振りかえり、廊下に控えた三郎兵衛と顔を見合わせる。

「嫌な予感がする」

「拙者もです」

馬淵は、香奈が拐かされたのを知ってしまったのかもしれない。

「されど、どうやって」

桃之進の問いに、三郎兵衛は的確に応じた。

「敵が報《しら》せたとは考えられませぬか。失礼な言い方でござるが、香奈どのを餌《えさ》にしておびきよせ、息の根を止める腹かも」

「その線はある。馬淵なら、ひとりで始末をつけようとするはずだ」

桃之進は思案顔で、三郎兵衛に問うた。

「誘いこむとすれば、どこであろうか。おぬし、心当たりはないか」

「慶次郎の実家、有吉家は駿河台にござる。されど、そこではありませぬな」

「養子先の野田家はどうだ」

「五年前に断絶になったあと、人手に渡っております」

「ほかにはないのか」

しばらく考え、三郎兵衛は膝を打った。

「そういえば、向島に有吉采女さまの別邸がございます。あまり使われておらぬ廃屋のようなところらしく、水に流されたとも聞いておりますが、残っておればそこかもしれませぬ」

「よし、行ってみよう」

桃之進は金剛草履《こんごうぞうり》で足を固め、絹に持ってこさせた大小を腰に差した。

# 九

香奈は、暗闇のなかで途方に暮れていた。

心の底から泣きたいのに、涙すら出てこない。

あまりの恐怖に、ものの感じ方がおかしくなっているのだ。

虎ノ門の金比羅明神へ詣でた帰路で、知らない男に当て身を食わされたところまではおぼえている。

気がつくと、黴臭《かびくさ》い部屋のなかに転がされていた。

しかも、後ろ手に縛られ、飼い犬のように太い柱と縄で結ばれている。

土間ではなく、床は板張りなので、蔵のようなところではない。

だが、蔵のようにひんやりとしており、窓ひとつない部屋だ。

いったい、どれほど気を失っていたのか。

今が昼なのか、夜なのかも判然としない。

そして、誰に拐かされたのかもわからなかった。

脳裏に過《よ》ぎったのは、一度は添いとげると決めた相手の顔だった。

——野田慶次郎。
頭に浮かぶ元夫の顔は狂気を帯び、耳まで口の裂けた鬼の顔とかさなる。
だが、御赦で江戸へ向かっていた慶次郎は、流人船とともに海の藻屑と消えたはずだ。
そうなると、拐かした者に心当たりはなくなってしまう。
ただの物盗りならば、こんなふうに生かしてはおかぬはずだ。
もしかしたら、人違いかもしれない。金満家の町娘と見誤ったのだ。
さまざまに想像をめぐらせていると、石臼《いしうす》を挽《ひ》くような音が聞こえてきた。
——ぎっ、ぎぎ。
重い扉が開き、光が射しこんでくる。
昼なのだ。
眩《まぶ》しくて、目を背《そむ》けた。
扉が閉まり、手燭《てしょく》の灯りが揺れながら近づいてくる。
香奈は唇の震えを止められない。
がちがちと歯を鳴らすと、手燭の主が「くく」と笑った。
嗚呼《ああ》。

香奈は、絶望の淵へ落とされた。

笑い方に、聞きおぼえがある。

慶次郎にちがいない。

生きて江戸へ戻っていたのだ。

堪忍して。

香奈は、じっと目を閉じた。

鼻先に手燭が突きだされ、生臭《なまぐさ》い息が吐きかけられてくる。

「香奈、久方ぶりだな。目を開けよ」

「嫌でござります」

「ふふ、夫の言うことが聞けぬのか」

ぱしっと、平手打ちを食った。

刹那、五年前の忌《い》まわしい記憶が蘇《よみがえ》る。

と同時に、叩かれた痛みが震えを止め、反骨魂を呼びおこした。

香奈は目を開け、眼前に屈《かが》みこんだ鬼の顔を睨みつけた。

「何じゃ、その目は。それが五年ぶりに再会した夫に向ける目か」

こんどは、拳骨《げんこつ》が飛んできた。

瞼《まぶた》の上を撲られ、意識を失いかける。

「おっと、まずい。まだ死なせやせぬぞ。わしのはなしを聞け。島でどれだけ苦労をかさねたか、それを聞いてから死んでも遅くはあるまい。わしはな、島で山羊《やぎ》を何頭も殺した。山羊ばかりではないぞ。人も殺した。芋を盗んでみつかったからだ。生きるためなら、人殺しでも何でもやった。いつかかならず、この江戸へ戻ってくることを信じてな。ぐふふ、天はわしを見捨てなかった。どうだ、わしの幸運にあやかりたいとはおもわぬか」

香奈は、おもいきり首を振る。

すぐさま、平手打ちが飛んできた。

鼻血が散り、口のなかは血の味で充《み》たされる。

慶次郎は憑《つ》かれたように喋りつづけ、五年前と同じように、香奈にたいして撲る蹴るの暴行をくわえた。

香奈はぐったりしてしまったが、舌を嚙んで死のうとはおもわなかった。

慶次郎はただの悪党ではなく、化け物のようになっている。生かしておいては世のためにならぬ。どうせ死ぬなら、この化け物を道連れにしなければという強い気持ちが、皮肉にも香奈を支えていた。

手燭の灯りが消えかけても、慶次郎は喋りつづけている。

「わしは生きのこった。何度も死にかけたが、生きのこってやった。わしを生かしたのは、この世への恨みだ。艱難辛苦《かんなんしんく》を与えた者たちを葬るために、わしは何としてでも生きつづけねばならなかった」

「……わ、わたしは、どうなってもかまいませぬ。父や何の関わりもない人たちを、傷つけないでくださいまし」

「ぐふっ」

慶次郎は恐ろしげな顔で笑い、ぬっと鼻面を近づけてくる。

「関わりのない者とは誰だ。もしや、馬淵斧次郎のことか。あやつがおらねば、わしはこれほどの辛酸を舐めずに済んだ。悪運の強いやつめ、まっさきに命を狙ってやったが、生きのびやがった」

「それは逆恨みです」

「うるさい」

どんと胸を蹴りつけられ、香奈は息が詰まった。

「おぬしは簡単には死なせぬぞ。逃げようとしても無駄だ。石臼のごとき扉には外から閂《かんぬき》が掛かっておる。もっとも、わしのもとへ戻ってくるというのなら、考えてもよいがな」

　この男は大きな勘違いをしている。というよりも、気がふれているのだと、香奈はおもった。

　慶次郎は顔を近づけ、長い舌を出した。

「……や、やめて」

「ぬへへ」

　べろっと、傷口を舐められた。

　突如、吐き気を催し、香奈は喉を鳴らす。

「ぐへっ」

　嘔吐《おうと》した。

　胃袋の中味を顔にぶちまけても、慶次郎はへらへら笑っている。

　嬉しそうに眸子《まなこ》を細め、嘔吐物にまみれた顔をくっつけてきた。

「おぬし、あの馬面に惚れたのか。ふふ、それなら、こっちにも考えがある。おぬしを餌に、あやつをおびきよせたのだ。わしの夢はな、おぬしの目のまえで、あやつを八つ裂きにしてくれることなのさ」

「……お、お願いです。無体なまねは、おやめくださいまし」

慶次郎は、がばっと立ちあがる。

「人殺しなんぞ、わしは何ともおもっておらぬ。ここは父上の別宅じゃ。わしは偉大な父上に頼まれ、面倒な仕事をやった。金の亡者をふたり、葬ってやったのだわ。そのうちのひとりは、不浄役人であった。口封じじゃ。父上……いや、有吉采女さまはかならずや、わしを息子と認めてくださったに相違ない」

この男、いったい、何に縋《すが》って生きていこうとしているのか。

慶次郎の精神の弱さを、香奈は垣間《かいま》見たようにおもった。

それと同時に、馬淵のことが心配になってくる。

あの方なら、自分の命に代えてでも、救いにきてくれるにちがいない。

そのことを期待する気持ちと、あたら命を粗末にしてほしくない気持ちが、せめぎあっている。

「おぬし、あんなつまらぬ同心づれに惚れたのか」

慶次郎はもう一度、念を押すように言った。

香奈は激しく頭《かぶり》を振った。

「あなたさまは勘違いしておられます。あの方は、わたくしとは何の関わりもござりませぬ」

みずからの気持ちとはうらはらのことを言い、少しでも物狂いの気持ちを逸《そ》らそうとする。

馬淵の無事を、香奈は祈るしかなかった。

十

明樽《あきだる》拾いの小僧が持ってきた文《ふみ》には、こうあった。

――香奈は預かった　助けたくば向島に来い　慶
馬淵斧次郎は猪牙《ちょき》を使い、日本橋川から大川へ漕《こ》ぎだし、濁流を乗りこえて対岸の三囲稲荷《みめぐりいなり》までたどりついた。

刻限は八つ（午後二時頃）をまわったあたりだ。

空はあっけらかんと晴れている。

傷の痛みに顔を歪めつつ、鉄砲水の爪痕《つめあと》が残る道を奥へ進んだ。

やがて、雑木林の狭間《はざま》に、藁葺《わらぶ》きの豪壮な建物がみえてきた。

「あれだ」

逸《はや》る気持ちを抑えかね、小走りで表門まで行きつく。

濃密に築かれた笹垣に沿って裏手へまわり、垣根の隙間をみつけて擦りぬけた。
広い庭には雑草が繁《しげ》り、苔生《こけむ》した織部灯籠《おりべどうろう》は草に埋もれていた。
隅のほうに蔵があり、近づいてみると錠は錆《さ》びついて開けられた形跡もない。
ここではない。
とすれば、香奈が軟禁されているのは母屋《おもや》のなかであろうか。
おそらく、離室《はなれ》か何かがあるのだろう。
慎重に家を調べ、閉めきられた雨戸を一枚外す。
動きを止め、耳を澄ましてみた。
遠くで烏《からす》が鳴いている。
妙だ。
人の気配が、まったく感じられない。
罠《わな》だということは、わかっていた。
文をもう一度、確かめてみる。
向島と言えば、有吉采女の別邸しかない。
「やはり、ここだ」
馬淵は覚悟を決め、家のなかへ忍びこんだ。

暗い廊下へ踏みだす。

みしっと床が鳴るたびに、心《しん》ノ臓が震えた。

確信があった。

香奈は、きっと生きている。

慶次郎には未練があるはずだ。

あっさり殺《あや》めることはあるまい。

とはいうものの、相手は島帰りの物狂いだけに、不安は募る。

馬淵は闇をみつめた。

夜目が利くのだ。

慎重に歩を進め、暗い廊下の角を何度か曲がった。

突如、前途が明るくなり、低い築地塀《ついじべい》に囲まれた石庭に出る。

まんなかに回廊が反《そ》り橋のように渡されており、回廊を渡った向こうには離室がみえた。

「あれだ」

ためらいもみせず、回廊を渡りきる。

離室は石の扉で閉ざされ、閂が掛かっていた。

太い横木を外せば、容易に開けることはできる。
馬淵は両手を伸ばし、ずっしり重い横木を外した。
石臼を挽くように、扉を開ける。
――ぎっ、ぎぎ。
音など気にしている余裕もない。
踏みこんでみると土間があり、一段上に板間が配されていた。
もぞもぞと、暗がりで何かが蠢《うごめ》いている。
壁に手燭をみつけ、馬淵は器用に燧石《ひうちいし》を叩いて火を点けた。
仄暗《ほのぐら》い壁や床に光がまわり、光の止まったさきに、白い足が映しだされる。
「香奈どの」
おもわず声を出した。
柱に縛られた女の鬢《びん》が動く。
馬淵は駆けより、柱の正面にまわりこんだ。
「あっ」
顔を紫に腫らした香奈が、力のない笑みをかたむけてきた。
「……ま、馬淵さま」

ひとこと漏らし、うなだれてしまう。
気を失ったのだ。
馬淵は急いで縄を解《ほど》き、香奈を肩に担ぎあげた。
傷の痛みなど、気にしてはいられない。
表口に向かい、手燭の火を吹き消す。
香奈が生きていただけでも、神仏に感謝したい気持ちだった。
半《なか》ば開いた重い扉を開け、苦労して外へ抜けだした。
「うぬ」
身が強張る。
回廊の向こうに、六人の男たちが立っていた。
一見して、兇状持ちとわかる悪相ばかりだ。
流人船から脱出して生きのこった連中にちがいない。
まんなかの痩せた男が、一歩前へ踏みだした。
「慶次郎か」
馬淵に驚きはない。
腹を刺されたときから、こうなる予感はあった。

慶次郎は島暮らしですっかり風体《ふうてい》こそ変わったものの、狼のような目つきだけは五年前と同じだ。

「ぬひゃひゃ、死に損《ぞこ》ないめ。無事に抜けだせるとでもおもうたか」

後ろに控えた連中の目つきも尋常ではない。

「島暮らしで牙《きば》を抜かれたとおもったら、おおまちがいだぞ。こやつらはな、生まれつきの悪党よ。御赦で江戸へ戻されたところで、心を入れかえられるはずもないわ。身についた本性は、死ぬまで治らぬ」

「ならば、死ぬがいい」

馬淵は香奈を担いだまま、片手で扱いやすい脇差《わきざし》を抜いた。

「ぬへへ、わしは小野派《おのは》一刀流の練達ぞ。島では日がな一日、木刀を振っておったのだ。おかげで、剣の腕は二段も三段もあがったぞ。しかも、この手で人を何人も斬ってきた。手負いの馬に、わしは斬れぬ」

「やってみなければ、わかるまい」

「ほざけ、馬面め」

慶次郎が抜刀すると、ほかの連中も一斉に刃物を抜いた。

馬淵は後退《あとじさ》り、石の扉を背にして身構える。

ふたりの男が回廊から左右に飛びおり、庭の大石に乗りうつった。

「それっ、殺《や》れい」

慶次郎は嬉々《きき》として叫ぶ。

「はおっ」

ひとり目の悪党がこれに応じ、猿《ましら》のように躍りかかってきた。

十一

桃之進と安島は雑木林を抜け、有吉采女の別邸をみつけていた。

「あれだ。葛籠さま、杉戸巌右衛門さまの仰ったとおりでござる」

ふたりは内の様子を探り、笹垣に沿って裏手へまわった。

相手は島帰りの兇状持ちが五、六人、心もとないので三郎兵衛に命じて呉服橋の北町奉行所まで走らせた。

「はたして、捕り方を出してもらえましょうかね」

事情を知る青山泰造は馳《は》せ参じるだろうが、町会所廻りの面子《メンツ》だけでは数が足りない。かといって、捕り方を総動員するには、町奉行である曲淵甲斐守の許しが必要だった。

甲斐守を動かすことができるのは、年番方筆頭与力の漆原帯刀しかいない。

頭の固い漆原のことだ。ひと肌脱いでくれるかどうかは、はなはだ疑わしい。

青山によれば、これまでは事の経緯を説いたり、相談したこともないという。

いきなり捕り方を出すよう甲斐守に願いでてほしいと頼んでも、首を縦に振るとはおもえなかった。

それでも、桃之進は漆原に一縷《いちる》の望みを託している。

以前、命を救ってやったことがあったからだ。

少しでも恩に感じてくれていたら、動いてくれるかもしれない。

ともあれ、捕り方の助勢があれば、これほど心強いものはなかった。

「期待せぬほうがよろしゅうござるぞ」

安島は決めてかかっている。

「呉服橋から逐われたわれわれに助力する物好きなど、ひとりもおりますまい」

「たしかにな」

やはり、自分たちの力で何とかしなければなるまい。

今は、馬淵と香奈が無事であることを願うばかりだ。

ふたりは垣根の狭間を擦りぬけ、屋敷内に忍びこむ。

「葛籠さま、ほら、あそこ」

安島が指差すさきをみると、雨戸が一枚外されていた。

ふたりは足早に近づき、廊下へ踏みこむ。

一寸先は闇だ。

「安島、夜目は利くか」

「ええ、どうにか」

「わしは近頃、鳥目《とりめ》気味でな。先導してくれ」

「おまかせを」

灯りも点けず、手探りで廊下を進んだ。

三つ目の角を曲がったとき、突如、男の悲鳴が聞こえてくる。

「んぎゃ……っ」

断末魔だ。

桃之進は、だっと駆けだす。

途端に安島とぶつかり、壁に弾きとばされた。

「痛っ、気をつけろ」

「……も、申し訳ござらぬ」

安島は龕灯を点けた。

「持っているなら、最初から点けろ」

「いちいち、うるさいですな」

ふたりは揉めながら、光の射《さ》す道を走りぬける。

どんつきを曲がると、人影がふたつ迫ってきた。

「何じゃ、おぬしら」

ひとりが怒鳴り、段平を抜きはなつ。

島帰りの荒くれであろう。

男たちは前後になり、猛然と斬りかかってきた。

盾《たて》になろうとする安島を押しのける。

「邪魔だ、退《ど》いてろ」

桃之進は裾を捲り、相手との間合いをはかった。

「死にさらせ」

先頭の男が猪《いのしし》のように突進してくる。

桃之進は沈みこみ、一刀で相手の胴を抜いた。

「ぎゃっ」

間髪入れず、ふたり目が袈裟《けさ》に斬りつけてくる。

これを難なく躱《かわ》し、切っ先で首筋を断った。

――ぶしゅっ。

後ろの安島が返り血を浴びる。

「うひぇっ」

桃之進はいつになく、からだが軽く感じられた。

「……ったく、ひでえな」

うるさい安島を尻目に、隧道《ずいどう》の外へ躍りだす。

「あっ」

ぱっと、視界が明るくなった。

まっすぐつづく回廊の上で、馬淵が悪党ども相手に奮戦している。

香奈は離室の扉に凭《もた》れ、気を失っているようだった。

傷が開いたのか、馬淵の着物には血が滲んでいる。

「おい、馬淵。助っ人にきたぞ」

呼びかけても返事はない。

大柄な悪党と鍔《つば》を合わせ、押しこめられている。

すでに、ひとりは石庭に倒れ、白砂を赤く染めていた。

残る三人のうち、ひとりが疳高《かんだか》い声を張りあげる。

「おぬしら、死に損ないの仲間か」

「ああ、そうだ。野田慶次郎だな」

刹那、大柄な男が馬淵に斬られた。

と同時に、別のひとりが桃之進に斬りかかってくる。

「死ね」

鋭い突きを躱すと、男は勢い余ってたたらを踏んだ。

そこに、安島が待ちかまえている。

太い両腕で頭を抱えこみ、ごきっと首を捻《ひね》った。

男はあらぬ方角に首を曲げ、その場にくずおれてしまう。

残すは、慶次郎ひとりになった。

が、なぜか、余裕の笑みを浮かべている。

「ぬふふ、おぬしら、父上のことを嗅ぎまわっておるらしいな。目付の配下か」

「残念ながら、ちがう」

「まあよい。どっちにしろ、袋の鼠《ねずみ》だ」

「何だと」

「わからぬのか。香奈を餌にして死に損ないを誘いだし、ふたりを餌にして残る仲間を誘いだす。それがな、わが父有吉采女の講じた策よ」

慶次郎は背を伸ばし、ぴっと指笛を鳴らす。

「ふはは」

嗤《わら》いながら回廊から飛びおり、兎《うさぎ》のように石庭を横切った。

「待て」

桃之進も石庭に飛びおり、必死に砂地を駆けた。

慶次郎は易々《やすやす》と、低い築地塀を乗りこえていく。

追いすがる桃之進の耳に、馬蹄《ばてい》が聞こえてきた。

塀の向こうからは、馬の嘶《いなな》きも聞こえてくる。

それも、一頭や二頭ではない。

「葛籠さま、ご無理をなされますな」

肥えた安島が、後ろで叫んでいる。

ここで無理をせずに、どうせよというのだ。

怒鳴りたい衝動を抑え、築地塀に手を掛けた。

十二

桃之進たちは塀を乗りこえ、ぎょっとした。

雑草の繁る広大な庭には、騎馬武者たちが勢揃いしている。

いずれも菅笠《すげがさ》をかぶり、弓を手にしていた。

「ひい、ふう、み……」

安島は噴《ふ》きだす汗を拭《ふ》き、数を勘定する。

優に十は超えていた。

「父上、あれに狼藉者《ろうぜきもの》どもが」

慶次郎は馬群のそばに達していた。

塀際からは、目測で半町余りある。

一頭の鹿毛《かげ》が押しだし、ゆったり近づいてきた。

鐙《あぶみ》を踏んだ小肥りの侍が、こちらを見下すように言いはなつ。

「わしは屋敷の主人、有吉采女じゃ。狼藉者め」

轡《くつわ》のそばに、慶次郎が駆けよった。

途端に、有吉が叱りつける。

「莫迦者、何を手こずっておる」

「……も、申し訳ござりませぬ」

「慶次郎、狼藉者はたったあれだけか。せっかく駒を揃えてきたというに、拍子《ひようし》抜けじゃ」

「されど、父上。馬淵斧次郎めは北町奉行所の隠密廻りだった男にござります。拙者を島送りにしたばかりか、あやつら、父上の周囲を嗅ぎまわっておりました」

「よし、狩りのついでじゃ。者ども、弓に矢を番《つが》えよ」

「おう」

采女は馬に鞭《むち》をくれ、脇へ退《ひ》いた。

馬上で矢を番えた武者どもが、こちらに狙いを定める。

桃之進たちは後ろに香奈を匿《かくま》い、刀を抜いて身構えた。

「射よ」

——びん、びん、びん。

弦音とともに、一斉に矢が飛んでくる。

威嚇《いかく》のための鏑矢《かぶらや》だが、束《たば》にまとめて眼前に迫ってきた。

「ふん」

これを三人は、刀でことごとく弾いてみせる。

馬上の連中は身を乗りだし、二の矢を番えようとした。

「はっ」

桃之進が突出する。

「くそったれ」

安島も腹を揺すり、これにつづいた。

馬淵は香奈を守らねばならぬため、塀際から動くことができない。

「ぬわああ」

桃之進は馬群に躍りこみ、馬の尻に斬りつけた。

――ひひん。

馬は尻を跳ねあげ、主人を振りおとす。

「ひぇええ」

武者たちがつぎつぎに落馬し、気を失う者も出てきた。

「安島、馬の尻を狙え」

「は」

安島もよたよた走り、馬の尻に斬りつける。

――ひひん。

馬はたまらず、後ろ脚を跳ねあげた。

悲鳴と金音が錯綜し、あたりは混乱の坩堝《るつぼ》と化す。

濛々《もうもう》と塵芥《じんかい》の舞いあがるなか、門のほうから小者がひとり走ってきた。

「有吉さま、ご注進にござります。町奉行所の捕り方どもが、大挙して押しよせてまいりました」

「何だと」

笹垣の上をみやれば、無数の御用提灯が伸びあがってくる。

有吉采女は吼《ほ》えた。

「ここは私邸ぞ。勝手にはいってくることは許さぬ。町方なんぞ、怖くもないわ」

さきほどの小者が、必死の形相で追いすがってきた。

「有吉さま、御奉行の曲淵甲斐守さま御自らお出ましにござります」

「何だと」

有吉はもちろん、桃之進たちも仰天《ぎょうてん》した。

慶次郎は我を忘れ、闇雲に刀を振りかざすや、壁際の馬淵に斬りかかっていく。

「おのれ、下郎め」

馬淵は冷静だった。

泰然として動かず、相手との間合いをはかる。

「ふえい」

慶次郎は大上段に構え、頭蓋《ずがい》を狙って斬りおろした。

馬淵は好機をとらえ、手に握った白砂を投げつける。

「うっぷ」

眸子を瞑った慶次郎の刃は、塀の角を削ったにすぎない。

一方、馬淵の繰りだした一刀は、下腹を深々と剔《えぐ》っていた。

「がふゅっ」

慶次郎は血を吐き、塀に頭を叩きつける。

それでも死なずに振りむき、眸子を瞠《みは》ったまま倒れていった。

すぐそばに蹲る香奈が、恐怖に身を震わせている。

馬淵が肩を抱いてやり、こちらに連れてくる。

表門のほうからは、一頭の栗毛《くりげ》がやってきた。

馬上の人物は、曲淵甲斐守にほかならない。

有吉采女より、身分も年齢も高い。

有吉も配下も馬から降り、曲淵を迎える姿勢をとった。

塗り笠をかぶった曲淵は馬を操《あやつ》り、手綱《たづな》を引きしぼる。

「普請奉行、有吉采女か」

疳高い声が、朗々と響いた。

有吉はきっと顔をあげ、前歯を剝《む》いてみせる。

「ここは私邸の敷地内にござる。たとい甲斐守さまといえども、勝手に踏みこまれては困ります。事と次第によっては、容赦できませぬぞ」

「黙らっしゃい。私邸だと、笑わせるな。上様よりありがたく拝領された屋敷であろうが。公金を私《わたくし》する罪人めが、偉そうな口を叩くでない」

曲淵は怒鳴り、さっと右手をあげた。

それを合図に、捕り方どもが雪崩《なだ》れこんでくる。

「ふわああ」

喊声《かんせい》に圧倒された。

捕り方を率《ひき》いているのは、艶《つや》めいた塗り笠の人物だ。

「あっ、漆原さま」

桃之進は驚いた。

金公事方に引導を渡した張本人が、救いの手を差しのべてくれたのだ。

捕り方のなかには、青山泰造や轟三郎兵衛の凜々しい顔もある。

「夢をみているようだな」

後ろで安島が漏らした。

すでに、有吉主従は戦意を喪失している。

曲淵が叫んだ。

「有吉采女、長崎奉行のころより、おぬしにはよからぬ噂があった。それゆえ、内偵をかさねておったのじゃ。普請奉行の地位を利用し、公金を横領したであろう。あるいは、水害に託けて各所から町入用を横領した罪も明らかになっておる。もはや、言いのがれはできぬぞ。おぬしには腹など切らせぬ。それ、者ども、罪人どもに縄を打て」

「おう」

青山や三郎兵衛が捕り方どもを率いて、有吉采女とその配下たちを束にまとめて捕縛していった。

悪党どもが引ったてられていく。

戸板で運ばれていくのは慶次郎の屍骸であろう。

香奈はじっと俯《うつむ》き、祈りを捧げていた。

それは感謝の祈りなのか、命を落とした者たちに捧げる祈りなのか、桃之進にもわからない。

捕り方の役目が一段落すると、曲淵甲斐守が栗毛を進め、こちらへ近づいてきた。

ついに、念願が叶《かな》うのか。

労《ねぎら》いのことばをかけてもらえるのだとおもい、桃之進は頰を緊張させた。

「おぬしが、のうらく者か」

「えっ」

「ふん、なるほど、呑気《のんき》そうな面をしておる。どははは」

地を揺るがすほどの哄いを残し、人馬は疾風《はやて》のように去っていった。

巻きあがった土埃《つちぼこり》がおさまっても、桃之進たちは呆《ほう》けた顔で佇んでいる。

「あれで、褒《ほ》めたおつもりでしょうかね」

安島が掠《かす》れた声で言った。

馬淵も苦笑せざるを得ない。

「ともあれ、香奈どのを救えただけでも、よしとせねばなるまい」

桃之進はみずからを納得させるように、何度もうなずいてみせた。

十三

神無月《かんなづき》十日、深川。

月の縁日でもある金比羅明神の境内では、幕府肝煎《きもい》りの大炊《おおた》きだしが催されていた。

大鍋がいくつも並び、幕臣や陪臣《ばいしん》たちが競って煮汁を配っている。

今日だけは身分の差も貧富の差もない。誰もが只で芋の煮汁にありつけるというので、大鍋の前には長蛇の列ができていた。

「これも御公儀のご威光でござりますね」

母の勝代は目を細める。

桃之進は女たちにせがまれ、家族みなで炊きだしの様子を眺めにきた。

足を運んだ理由のひとつには、土岐家長沼道場の門弟たちが炊きだしをやっていることもあった。

門弟たちを率いるのは、若くして指南役を仰《おお》せつかる狩野結である。結には家が水に浸かったとき、大変な世話になった。

その御礼に、炊きだしを手伝うつもりでやってきたのだ。

小春日和《こはるびより》の穏《おだ》やかな陽気で、境内には紅葉《もみじ》が色を競っている。炊きだしと紅葉狩りがかさなったので、行楽気分の遊山客《ゆさんきゃく》も多い。

やがて、山門のあたりが騒がしくなり、先導役の供人たちが参道を駆けてきた。

「御成《おなり》じゃ、控え、控え」

どうやら、次期将軍となる家斉公がお忍びで訪れたらしい。

お忍びにしては仰々《ぎょうぎょう》しいほどの供揃えで、大小を腰に差した武者たちが煌《きら》びやかな駕籠を厳重に囲んでいる。

参道の両端に人々は正座し、駕籠を迎えるように頭を下げていった。

まるで、浜に打ちよせる波のように、お辞儀の順番が近づいてくる。

桃之進たちも頭を下げ、駕籠を横目で見送った。

供人たちのなかには、重臣も混じっている。

もしかしたら、西ノ丸留守居役の秋山頼母も随行しているかもしれない。

ふと、有吉采女の別邸で、漆原帯刀に掛けられたことばをおもいだした。

「葛籠よ、御奉行はどなたに依頼されたとおもう。驚くなかれ、西ノ丸御留守居役の秋山頼母さまじゃ。曲淵甲斐守さまを、声ひとつで動かすとはな。秋山さまという御仁は、ただ者ではないぞ」

聞かされたときは、桃之進もいささか驚かされた。

秋山家用人の下村久太郎から依頼され、普請方の手伝いに駆りだされたことも、もしかしたら、計算ずくだったのではないかと勘ぐったりもした。そもそも、有吉采女の実子と因縁のあった馬淵斧次郎を西ノ丸に迎えたことさえも、意味があったことのように感じたものだ。

漆原によれば、有吉采女の後任として長崎奉行に赴任したのが、秋山頼母であったという。

有吉は長崎でも悪いことをしてきた。

前任者の悪事を摑んだ秋山が、めぐりめぐって罪を償《つぐな》わせた結末となった。

最初から狙ってやったのだとすれば、相当な狸と言わねばなるまい。

が、はたして、狙ってやったのだろうか。

たぶん、考えすぎであろう。

西ノ丸に出仕してから、早いものでひと月余りが経った。

しかし、秋山はまだ一度も出仕していない。桃之進は挨拶もできておらず、このところは暇潰しに、女手形の発行を手伝っている。

安島左内と馬淵斧次郎は、すっかりやる気のない配下に戻っていた。

馬淵と香奈の関わりは進展する気配もみせず、周囲はやきもきするのにも飽《あ》きてしまった。

家斉公の一行が去り、ふたたび境内に活気が蘇った。

土岐藩の大鍋に向かうと、結が陽気な声を掛けてくる。

「葛籠さま、こっちこっち」

呼ばれて向かう桃之進の後ろには、勝代を筆頭に絹と子どもたちが金魚の糞《ふん》よろしく従いてきた。

細紐《ほそひも》で襷《たすき》を掛けて袂《たもと》を結び、炊きだしを手伝いはじめる。

そうしたなか、絹は結のことをしきりに気にしていた。

自分よりも遥かに若く、若衆髷のすがたも凛々しい。しかも、剣が立つとなれば、心を乱されぬ男はおるまいと、そんなふうに考えているようだった。

絹の不安が手に取るようにわかったので、結からはなしかけられても、桃之進はぞんざいにしか応じない。

結はまったくその気がないので、屈託のない笑みを向けてくる。
そのたびに怪訝《けげん》な表情を浮かべる絹を物陰に呼びつけ、桃之進はやんわりと叱りつけた。

「何か誤解しておるのではないか。わしはな、結どのに『千鳥』を指南すると約束したのだ。わかっておろう。『千鳥』は無外流の奥義ゆえ、剣を志《こころざ》す者ならば誰もが指南を望む。つまり、結どのとは師と弟子の関わりでな、それ以外のなにものでもないのだぞ」

何やら言い訳がましく感じ、自分の心根が嫌になる。

「別に、気にしておりませんから」

絹は艶やかな笑みを残し、物陰から去っていった。

これ以上言い訳をすれば、そのぶんだけ墓穴を掘りそうだ。

桃之進は波立つ気持ちを抑えながら、ひたすら木椀に汁を掬《すく》いはじめた。

「すまぬが、ひとつ所望《しょもう》いたそう」

嗄《しゃが》れた声に顔を向けると、物腰の柔らかそうな老い侍が立っている。

髪は雪をかぶったようで、ぴんと張った鼻髭《はなひげ》までもが白い。

纏っている着物が光沢《こうたく》を帯びた絹だけに、身分はかなり高そうだ。

老い侍の背後に控える従者の顔をみて、桃之進は仰《の》けぞった。

ほかでもない、下村久太郎なのである。

「おや、葛籠どのではござらぬか」

下村に問われても、ことばを返すことができない。

「早《はよ》うせぬか」

老い侍から、木椀を急《せ》かされた。

まちがいあるまい。

目のまえの人物こそ、秋山頼母なのだ。

「殿、こちらは北町奉行所から異動となった葛籠桃之進どのにございます」

紹介などせずともよいのに、下村は桃之進の素姓を喋った。

「ふうん」

秋山はつまらなそうに聞きながし、木椀を手に取る。

「今日も非番か」

と、ひとこと言いすて、返事も聞かずに踵を返した。

どういうことだ。

桃之進は考えこむ。

何故、秋山は「今日は」ではなく「今日も」と発したのか。

すべてを見透《みす》かされているようで、背筋が寒くなった。

用人の下村が意味ありげに笑っている。

ひょっとしたら、こちらの動きを密《ひそ》かに見張り、逐一《ちくいち》、秋山に伝えていたのかもしれない。だとすれば、何やら底知れぬ主従ではないか。

いや、やはり、考えすぎであろう。

鍋の湯気が立ちのぼる蒼穹《そうきゅう》を見上げれば、鳶《とんび》が大きく旋回している。

食いものを狙っているのだろうが、おぬしらにくれてなどやるものか。

かたわらを眺めれば、絹と結がともに大杓文字《おおしゃもじ》を握り、仲良く大鍋を掻きまわしている。

「葛籠さま、助勢にまいりましたぞ」

陽気な声を掛けてきたのは、妻子を引きつれた安島左内であった。

馬淵斧次郎もおり、轟三郎兵衛や青山泰造の顔もみえる。

今日も非番の連中が楽しげに集うすがたを眺め、桃之進はつかのまの幸福を感じていた。

# 一〇〇字書評

切・り・取・り・線

**購買動機**（新聞、雑誌名を記入するか、あるいは○をつけてください）

- □（　　　　　　　　　　　　）の広告を見て
- □（　　　　　　　　　　　　）の書評を見て
- □ 知人のすすめで　　□ タイトルに惹かれて
- □ カバーが良かったから　　□ 内容が面白そうだから
- □ 好きな作家だから　　□ 好きな分野の本だから

・最近、最も感銘を受けた作品名をお書き下さい

・あなたのお好きな作家名をお書き下さい

・その他、ご要望がありましたらお書き下さい

| | | | | | |
|---|---|---|---|---|---|
| 住所 | 〒 | | | | |
| 氏名 | | 職業 | | 年齢 | |
| Eメール | ※携帯には配信できません | | 新刊情報等のメール配信を 希望する・しない | | |

この本の感想を、編集部までお寄せいただけたらありがたく存じます。今後の企画の参考にさせていただきます。Eメールでも結構です。

いただいた「一〇〇字書評」は、新聞・雑誌等に紹介させていただくことがあります。その場合はお礼として特製図書カードを差し上げます。

前ページの原稿用紙に書評をお書きの上、切り取り、左記までお送り下さい。宛先の住所は不要です。

なお、ご記入いただいたお名前、ご住所等は、書評紹介の事前了解、謝礼のお届けのためだけに利用し、そのほかの目的のために利用することはありません。

〒一〇一‐八七〇一
祥伝社文庫編集長　坂口芳和
電話　〇三（三二六五）二〇八〇

祥伝社ホームページの「ブックレビュー」からも、書き込めます。
http://www.shodensha.co.jp/bookreview/

祥伝社文庫

# 崖《がけ》っぷちにて候《そうろう》　新《しん》・のうらく侍《ざむらい》


平成26年7月30日　初版第1刷発行
平成29年12月10日　　　第2刷発行

著　者　坂岡《さかおか》　真《しん》
発行者　辻　浩明
発行所　祥伝社《しょうでんしゃ》
東京都千代田区神田神保町3-3
〒101-8701
電話　03（3265）2081（販売部）
電話　03（3265）2080（編集部）
電話　03（3265）3622（業務部）
http://www.shodensha.co.jp/

印刷所　堀内印刷
製本所　ナショナル製本
カバーフォーマットデザイン　中原達治





Printed in Japan ©2014, Shin Sakaoka ISBN978-4-396-34057-5 C0193

# 祥伝社文庫の好評既刊

坂岡　真

## 崖っぷちにて候《そうろう》

新・のうらく侍①

一念発起して挙げた大手柄。だが、そのせいで金公事方《かねくじかた》が廃止に。権力争いに巻き込まれた芥溜三人衆の運命は⁉

坂岡　真

## 恋はかげろう

新・のうらく侍②

老中田沼意次を救った与力葛籠桃之進は、なぜか左遷され閑職、西の丸留守居役へ。謎が謎を呼ぶ好評第二弾！

岡本さとる

## 取次屋栄三《えいざ》

武家と町人のいざこざを知恵と腕力で丸く収める秋月栄三郎《あきづきえいざぶろう》。縄田一男《なわたかずお》氏激賞の「笑える、泣ける！」傑作。

岡本さとる

## がんこ煙管《ぎせる》

取次屋栄三②

栄三郎、頑固親爺《おやじ》と対決！「楽しい。面白い。気持ちいい。ありがとうと言いたくなる作品」と細谷正充《ほそやまさみつ》氏絶賛！

岡本さとる

## 若の恋

取次屋栄三③

取次屋の首尾やいかに⁉　名取裕子《なとりゆうこ》さんも栄三の虜に！「胸がすーっとして、あたしゃ益々惚れちまったぉ！」

岡本さとる

## 千の倉より

取次屋栄三④

孤児の千吉《せんきち》に惚れ込んだ栄三郎はある依頼を思い出す。「こんなお江戸に暮らしてみたい」と千昌夫《せんまさお》さんも感銘！

# 祥伝社文庫の好評既刊

岡本さとる

## 情けの糸

取次屋栄三⑪

自分を捨てた母親と再会した捨吉《すてきち》は……。断絶した母子の闇を、栄三の〝取次〟が明るく照らす！

岡本さとる

## 手習い師匠

取次屋栄三⑫

栄三が教えりゃ子供が笑う、まっすぐ育つ！　剣客にして取次屋、表の顔は手習い師匠の心温まる人生指南とは？

岡本さとる

## 深川慕情

取次屋栄三⑬

破落戸《ならずもの》と行き違った栄三郎。その男、居酒屋〝そめじ〟の女将・お染《そめ》と話していた相手だったことから……。

岡本さとる

## 合縁奇縁《あいえんきえん》

取次屋栄三⑭

凄腕《すごうで》女剣士の一途《いちず》な気持ちに、どう応える？　剣に生きるか、恋慕をとるか。ここは栄三、思案のしどころ！

岡本さとる

## 三十石船

取次屋栄三⑮

大坂の野鍛冶の家に生まれ武士に憧れた栄三郎少年。いかにして気楽流剣客となったか。笑いと涙の浪花人情旅。

岡本さとる

## 喧嘩屋

取次屋栄三⑯

大事に想う人だから、言っちゃあいけないこともある。かつての親友と再会。その変貌ぶりに驚いた栄三は……。

# 祥伝社文庫の好評既刊

岡本さとる　**夢の女**　取次屋栄三⑰

旧知の女の忘れ形見、十《とお》になる娘おえいを預かり愛しむ栄三。しかしおえいの語った真実に栄三は動揺する……。

岡本さとる　**二度の別れ**　取次屋栄三⑱

栄三と久栄の祝言を機に、裏の長屋へ引っ越した又平。ある日、長屋に捨て子が出るや又平が赤子の世話を始め…。

辻堂　魁　**風の市兵衛**

さすらいの渡り用人、唐木市兵衛《からきいちべえ》。心中事件に隠されていた奸計《かんけい》とは？〝風の剣〟を振るう市兵衛に瞠目！

辻堂　魁　**雷神**　風の市兵衛②

豪商と名門大名の陰謀で、窮地に陥った内藤新宿の老舗。そこに〝算盤《そろばん》侍〟の唐木市兵衛が現われた。

辻堂　魁　**帰り船**　風の市兵衛③

舞台は日本橋小網《こあみ》町の醤油問屋「広国《ひろくに》屋」。市兵衛は、店の番頭の背後にいる、古河《こが》藩の存在を摑むが――。

辻堂　魁　**月夜行《つきよこう》**　風の市兵衛④

狙われた姫君を護《まも》れ！　潜伏先の等々《とど》力《ろき》・満願寺《まんがんじ》に殺到する刺客たち。市兵衛は、風の剣を振るい敵を蹴散らす！

# 祥伝社文庫の好評既刊

**辻堂魁　天空の鷹《たか》　風の市兵衛⑤**

息子の死に疑念を抱く老侍。彼の遺品からある悪行が明らかになる。老父とともに、市兵衛が戦いを挑んだのは⁉

**辻堂魁　風立ちぬ㊤　風の市兵衛⑥**

〝家庭教師〟になった市兵衛に迫る二つの影とは？〈風の剣〉を目指した過去も明かされる、興奮の上下巻！

**辻堂魁　風立ちぬ㊦　風の市兵衛⑦**

市兵衛誅殺《ちゅうさつ》を狙う托鉢僧《たくはつそう》の影が迫る中、市兵衛は、江戸を阿鼻叫喚の地獄に変えた一味を追う！

**辻堂魁　五分《ごぶ》の魂　風の市兵衛⑧**

人を討たず、罪を断つ。その剣の名は――〝風〟。金が人を狂わせる時代を、〈算盤侍〉市兵衛が奔《はし》る！

**辻堂魁　風塵《ふうじん》［上］　風の市兵衛⑨**

唐木市兵衛が、大名家の用心棒に⁉事件の背後に、八王子千人同心の悲劇が浮上する。

**辻堂魁　風塵［下］　風の市兵衛⑩**

わが一分《いちぶん》を果たすのみ。市兵衛、火中に立つ！　えぞ地で絡《から》み合った運命の糸は解けるのか？

# 祥伝社文庫の好評既刊

辻堂 魁

**春雷抄《しゅんらいしょう》** 風の市兵衛⑪

失踪した代官所手代を捜す市兵衛。夫を、父を想う母娘のため、密造酒の闇に包まれた代官地を奔る！

辻堂 魁

**乱雲《らんうん》の城** 風の市兵衛⑫

あの男さえいなければ——義の男に迫る城中の敵。目付筆頭の兄・信正《のぶまさ》を救うため、市兵衛、江戸を奔る！

辻堂 魁

**遠雷** 風の市兵衛⑬

市兵衛への依頼は攫《さら》われた元京都町奉行の倅《せがれ》の奪還。その母親こそ初恋の相手、お吹《すい》だったことから……。

辻堂 魁

**科野秘帖《しなのひちょう》** 風の市兵衛⑭

「父の仇を討つ助っ人を」との依頼。だが当の宗秀は仁《じん》の町医者。何と信濃《しなの》を揺るがした大事件が絡んでいた！

辻堂 魁

**夕影《ゆうかげ》** 風の市兵衛⑮

貸元の父を殺され、利権抗争に巻き込まれた三姉妹。彼女らが命を懸けてまで貫こうとしたものとは⁉

辻堂 魁

**秋しぐれ** 風の市兵衛⑯

元力士がひっそりと江戸に戻ってきた。一方、市兵衛は、御徒組旗本のお勝手建て直しを依頼されたが……。